本书为2008年湖北省教育厅人文社科项目——“多元文化与民族叙事——八十年代土家族小说的现代性诉求”研究成果（项目编号2008y358）

文体与批评研究丛书

传统与现代

——20世纪80年代土家族小说与土家文化

毛小芬　著

WUHAN UNIVERSITY PRESS
武汉大学出版社

图书在版编目(CIP)数据

传统与现代:20 世纪 80 年代土家族小说与土家文化/毛小芬著.—武汉:武汉大学出版社,2017.7
文体与批评研究丛书
ISBN 978-7-307-19355-0

Ⅰ.传… Ⅱ.毛… Ⅲ.①土家族—小说研究—中国—当代 ②土家族—研究—民族文化—中国 Ⅳ.①I207.42 ②K287.3

中国版本图书馆 CIP 数据核字(2017)第 119783 号

责任编辑:郭 静　　责任校对:李孟潇　　版式设计:马 佳

出版发行:**武汉大学出版社** (430072 武昌 珞珈山)
(电子邮件:cbs22@whu.edu.cn 网址:www.wdp.com.cn)
印刷:虎彩印艺股份有限公司
开本:720×1000 1/16 印张:11.25 字数:151 千字 插页:1
版次:2017 年 7 月第 1 版 2017 年 7 月第 1 次印刷
ISBN 978-7-307-19355-0 定价:79.00 元

目　　录

上　　编

下　编

上 编

绪　　论

随着社会生活的不断发展，土家族与汉族地区在社会生活和文化交流上发生频繁的交流和碰撞，这样的碰撞所产生的新特点将成为现今土家文化的重要部分。一方面，土家人民怀着巨大的热情坚守着自己的民族信仰和文化传统，另一方面，与汉族地区日益频繁的经济文化交流又必然对其原有的价值观念和文化体系发生影响和冲突。如何在传统与现实之间达成平衡，既维护自己的现实生活利益，又不背离原有的价值观和信仰，是新时期以来土家人所面临的最大困惑。

作为土家族族群中的知识分子、土家人民心声的直接传达者，当代土家族作家们在20世纪80年代的迅速崛起，标志着新时期以来土家人强烈的表达欲望。他们的作品以独特的美学价值充实了当代文坛，为我们进一步研究土家人的生存状况(包括物质、情感、心理等层面)提供了珍贵的史料。

土家族作家们大多生长在极其封闭的土家村寨之中，他们以文化知识为武装，逐渐走出村寨、走进城市，这其间所面临的价值冲突往往是他们创作的直接动因，而他们虽经历城市的风雨，仍将笔端一次又一次地归复到家乡的土地上，归复到家乡的父老乡亲身上。他们怎样看待自己民族的现今和未来呢，他们对自己民族的认同感如何，这将是本书着力探讨的问题。这一问题的探讨将增强我们对少数民族文学和少数民族作家的认识，促进多民族的和谐发展、共同繁荣。

目前对土家族文学的研究比较集中的有《土家族文学史》一书，该书中较多的内容是土家族早期至现当代的以民间仪式、口头故事、传说、歌谣等方式呈现的文学，当代文人文学只占了极少的篇幅，研究内容也非常概括而不够深入。对具体作家作品作研究或概述的论文亦散见于各种学术期刊之中而不够系统。

本书意欲从土家族作家的小说文本入手，深入土家族历史文化的渊源之中，探索出其文学文本中所蕴涵的深层意蕴。

在时间上，选取的主要是作家们在 20 世纪 80 年代创作或发表的小说，避免与“新时期”这一文学概念相冲突，更重要的是，不想把土家族 20 世纪 80 年代的小说创作这样一个极富有民族性和地域色彩的文学活动生硬地纳入我们惯常所谈起的具有强烈意识形态色彩的文学关键词中，以此保留创作的本色。况且，笔者所研究的只是一个阶段中极其片面的一些内容，它在土家族当代文学或者整个当代文坛中所占的地位如何，还要听后人评说，目前只想保留它最本真的状态，对它作实事求是的分析。

在作品的选择上，笔者将从孙健忠、李传锋、蔡测海、胡珂这四位作家的主要小说作品入手进行分析，一者，因为这四位作家是文坛上公认的比较活跃、有影响力的作家；二者，这四位作家以厚实的民族传统文化为底蕴，已经形成了独具特色的个人风格，他们的作品中所负载的信息含量和美学价值是极其丰富的；另外，将研究的时间和精力集中放在有限的内容之上，作细致的解读分析，也未尝不是一个好办法。20 世纪 80 年代，活跃在文坛上的土家族小说作家还有很多，如陈川、田瑛、叶梅、孙因，张心平等，由于种种原因，笔者将根据行文的需要而不得不一一舍弃，这也是一个小小的遗憾吧，希望在后期研究的扩展中，能够把这些作家也纳入进来。

第一章　土家族文学文化简介

一、土家族来源

土家族是一个聚居在湘鄂渝黔交界之处武陵山脉一带的少数民族，他们拥有自己民族的语言，没有自己民族的文字。虽然定名较晚，1957年1月才由国务院正式考察定名为“土家族”，但历史上的土家人和土家文化却早已有之。土家族族源的传说虽有多种，但总体来看，历史学界和考古学界都比较认可“巴人后裔说”这一个学术命题。在居住的地理位置、生活习惯和文化信仰等方面，土家人与早期巴子国居住民都有一脉相承之处。

《世本》中有“廪君种”的传说，可能是巴人对古代历史的回忆，内容比较可靠。《世本》已佚失，但“廪君种”的传说则在很多典籍中都被引用过。南北朝时范晔所著的《后汉书》之《南蛮西南夷》卷就曾记载：巴郡南郡蛮，本来有五种姓：巴姓，樊姓，瞫姓，相姓，郑姓。都出自武落钟离山。那山有红色的、黑色的两个洞，巴氏的儿子出生于红色的洞穴，其他四姓的儿子都出生于黑色的洞穴。没有君长，都侍奉鬼神，便一齐往石洞里扔剑，相约能扔中的人，把他尊奉为君。独巴氏的儿子务相一个人把剑投中石洞，众人都叹息。又令各人乘泥土做的船，相约能浮的应当以他为君。其他姓氏的人都沉下去了，只有务相一个人的船浮着。因而其他四姓一齐拥立他，这就是廪君。廪君便乘着土船，从夷水到盐阳。盐水有个神女，对廪君说："这里地域广大，鱼盐出产丰富，希望留下来一起居住。"廪君不答应。盐神每晚便来和廪君同宿，白天化为飞虫，漫天蔽日，一连十多天，闹得天昏地暗。廪君寻着机会，便把他射死了，天又开朗光明。廪君于是在夷城称君，四姓的人都向他称臣。廪君死后魂魄变成白虎。[1]

"巴"原本既是族名，又是地名。公元前316年，秦国出兵灭掉了巴国等国，设立了巴郡，"巴"即变为了地名。[2]自秦设黔中郡对巴人实行"以蛮制蛮"的羁縻制度以来，汉、唐、宋等朝大体都因袭了这种制度。到了元朝，便直接设置土司，这是土家族形成的一个标志。[3]元代的土家地区实行"以土制土"的政策，即由当地的土官对各自的辖地进行统治和管理。这一政策在明清时期得到了不断的强化和完善，政府在湘鄂川黔交界的少数民族地方及其周围，建立了大量卫所或关隘以控制土司，直到清雍正年间的"改土归流"，才以流官代替了土官来管理土家族、苗族等聚居的地方。[4]"改土归流"诚然是封建王朝为巩固其统治地位而对少数民族地区采取的政治措施，在客观效果上，却打碎了土家族地区强宗大姓血缘统治的独立王国，解放了生产力。"蛮不出境，汉不入峒"禁令的废除密切了土家族和汉族的关系，加速了两者之间的交流，土家族的经济、政治、文化起了质的变化，得到了飞速发展。[5]近代以来社会的动荡不安，在偏远的土家族地区也曾涌起过不小的波澜，但总体来讲，传统的政治体制和生活方式仍以极大的历史惯性在乱世之中延续下来。

长江中游水源分布较广，有乌江、清江、酉水、沅水等众多支流，又有武夷山、大巴山、大娄山等山脉贯穿其中，土家族就聚居在这一带约十万平方公里的土地上。海拔多在500米至2000米之间，处于北纬28°~30°，为亚热带山地气候，山水清奇、土石温润、四季分明，植被繁茂。依山傍水的特殊地理环境为其民族文化染上了浓重的区域文化色彩。险峻的生存环境赋予土家人骁勇刚强的个性，静谧瑰丽诗画般的山水风景又使得他们有着细腻善感的美好品格。在地域分布上，土家族相对于壮族、苗族等少数民族，比较集中，并处于汉族文化的包围圈之中，巴蜀文化、楚文化的交互作用和长期浸染更使得土家文化在奇谲绚烂的背后，有着庄重和神秘的色彩。

二、书面时代的文学艺术

土家族文学是土家人智慧、情感的折射，是土家文化最集中最优美的体现。长久以来，土家族文学以民间神话传说、山歌、集体舞蹈、婚丧嫁娶仪式等形式存在着，这些以非语言文字呈现出来的文学形式承载着极其深厚、质朴的文化底蕴，在很长一段历史时间之内，发挥着它独有的教育、审美、娱乐等作用。

土家族有着很多优美的神话、故事和传说，如关于白虎的神话：白虎是土家人的保护神，总是保卫着土家人生命财产的安全。传说中比较典型的是《锦鸡》，又叫《锦鸡姑娘》，内容属于毛衣女型故事，讲述了贫苦孤儿春哥与美丽善良、富有神话色彩的锦鸡姑娘的爱情。从婚姻角度反映了土司制度对平民百姓的压迫，也从这个角度反映了劳动人民对封建制度不屈不挠的反抗。关于族人的来源，土家族流行“洪水登天，兄妹相配”的传说，故事情节与侗族、瑶族等西南其他少数民族的相关传说有相似之处，体现了土家族早期人丁单薄，生命难以延续的尴尬：从前有七兄弟，把雷公捉下天来，准备煮了吃，后雷公设计逃返天庭，一怒之下，连降七天七夜的暴雨，天下的人全被淹死了，唯有兄妹二人躲在葫芦瓜中保全了性命。洪水退过之后，兄妹相配，生下一个大肉球，天上降下一把大剪刀，剁碎了肉球，四处撒播，都变成了人，这就是今天人的祖先。[6]

土家人热爱音乐，至今仍流传着长阳杂剧、堂戏、柳子戏、远安花鼓、枝江楠管、宜都椰鼓、枝江南曲等多种戏剧，各式山歌、民歌则更为兴盛。土家地区歌曲的流行与兴盛大约与先祖巴人、楚人对音乐的热爱有关，早在先秦时，宋玉在《对楚王问》中就有这样的记载：

> 客有歌于郢中者，其始曰《下里》、《巴人》，国中属而和者数千人；其为《阳阿》、《薤露》，国中属而和者数百人；其为《阳春》、《白雪》，国中属而和者，不过数十人。[7]

《下里》、《巴人》是巴人之歌，《阳春》、《白雪》是楚人的雅乐。从文中可以看出，巴地的通俗歌曲很受大众欢迎，甚至在声乐文化极其发达的楚国也占据着重要地位。

山歌、民歌一直以来都是土家人抒情表意的最佳工具，茶余饭后、田间地头，总能听到土家人欢快、嘹亮的歌声。流传至今的土家族歌谣，形式上有七言四句、七言五句、八句等多种格式。歌词灵活多样，富于形象联想，音韵多谐音双关，十分和谐。在集体唱和和对唱中，每段歌词多采用相同或相似的节奏和韵律，易于传唱。在 20 世纪 80 年代兴起的民间文艺普查中，土家族民歌被分为创世古歌、历史传说歌、劳动歌、生活歌、时政歌、婚嫁歌、丧歌、仪式歌、风情歌、爱情歌、苦歌、儿歌等十余种类型[8]，具体例子可参见注释或各种诗歌集。现只取一首正面表现男女自由恋爱的情歌：

高坡起屋不怕风，
有心恋郎不怕穷，
只要两人情谊好，
冷水泡茶慢慢浓。
姐的门前一棵槐，
手攀槐树望郎来，
娘问女儿望什么，

我望槐花几时开？
紫竹马鞭细细通，
二人有心在心中，
燕子含泥口要紧，
蚕儿有丝在肚中。
生要恋来死要恋，
不怕雷打火烧山，
雷公要打一起打，
踏破天门见玉皇。[9]

这一首情歌保留了传统民歌的形式和语言风格，但内容上绝无传统哭嫁歌那般悲戚和幽怨，对新时代的土家女性来说，这一首歌是提倡自由恋爱的号角，是对婚姻生活的美好祝愿、对自我的肯定和认同。

土家人最热爱的舞蹈叫“舍巴”（土家语），即“摆手舞”，是一种大型的集体舞蹈，人数可多可少，都围成一个圆圈，按照圈中一司鼓鸣锣者所演绎的节奏起舞。舞蹈动作主要是摆手和出脚，整个摆手舞蹈的群体动作则多是表现土家人生产、生活或征战的场面。“摆手舞”最初用于祭祀，后来成为土家男女老少节庆或盛事时的娱乐活动——借娱神以自娱，热情洋溢的舞蹈有着极大的感染力，让人情不自禁地加入到舞蹈队伍中来。

除了动人的神话传说和歌舞之外，土家人的婚嫁仪式和丧葬仪式也充满着诗意和美学色彩。土家姑娘的“哭嫁”是一门传统技艺，一般要从十二三岁起开始学，真到了出嫁的时候，即使是自由婚恋的新娘，也会大放悲声，由众姐妹陪着哭嫁，将婚礼的气氛推向高潮。新娘的伴娘（称“十姊妹”）和新郎的伴郎（称“十兄弟”）们往往使出各式各样的难题来“为难”对方，真正的目的却是娱乐众人、活跃气氛，把新婚的场面闹腾得更加喜庆、热闹。迎亲和送亲的复杂过程为未婚青年男女们互相认识结交、表白心意提供了绝好的机会，孕育着更多的金玉良缘与百年好合。

也许是土家人豁达、乐观的天性使然，“生时喜酒死时歌”，他们把老人的死亡也当作“白喜事”来办。乡里乡邻之间，哪家死了老人，都会放下活计，不顾劳累从各家赶去打丧鼓、跳丧作为人情。跳丧，又叫“撒尔活”、“散忧祸”，是土家人特有的丧葬习惯。亡灵的棺材放在堂屋当中，亲友邻里们则踏着鼓点，在屋前的空场子上边歌边舞。他们的头、手、肩、腰、臂、脚上下一齐协调动作，跳着变换多姿的舞步，时而互相击掌，时而绕背穿肘，时而扭肩擦背，时而互相嬉戏，时而沉默，时而呼啸唱和。歌唱的内容多为亡人的公德或者古人古事，或者戏文，或者其他。热热闹闹陪亡人、欢欢喜喜办丧事，正是土家人的习惯。[10]

三、土家族文人文学

土家族没有本民族的文字，一方面这直接导致了大量宝贵的民族文化无法用书面纸质贴切地保留传承下来的遗憾，另一方面，对汉语言文字的积极学习和运用又为土家人走出本民族的桎梏向先进文化靠拢打开了一扇绝好的窗口。享誉全国各地的《竹枝词》和鄂西容美土司田氏家族创作的《田氏一家言》可谓土家族文学与汉文学相结合的典范，两者不仅很好地完成了土家族通俗文学向文人文学的过渡，把土家族文学升华到一个高度，同时也通过这样一种文学形式向全国广大地区展示出土家族文化的优美生动来。

据清奉节县志记载，《竹枝词》为巴渝民歌，早在春秋时期就开始传唱，从巴渝地区逐渐传播到湖南湖北直至全国各地，往往集辞、声、乐、舞为一体。所以命名为“竹枝”，与四川两湖地区盛产竹子有关，“竹枝”既是和声又是道具，《尊前集》中所载皇甫松两句体的《竹枝词》，中间就有“竹枝”、“女儿”作为和声：芙蓉并蒂(竹枝)一心连(女儿)，话侵核子(竹枝)眼应穿(女儿)。[11]民间舞蹈如“采莲船”、“打连香”以手中的竹棍作为舞具，竹棍亦即竹枝，可见“竹枝”曾作为“竹枝词”的道具。

竹枝词是巴文化(俗文化)与楚文化(雅文化)在激荡中相互交融、彼此浸淫而出现于我国唐代的一种文化事象。从巴渝通俗民歌发展为享誉大江南北的文人雅词，一方面在于它自身所具有的艺术魅力——语言流畅、富有节奏、风格清丽，感情缠绵忧伤；另一方面得益于文人墨客的大力推广和模拟创作。顾况、刘禹锡、李白、杜甫、白居易等大诗人都曾创作过竹枝词，其中贡献最大的要数曾担任过夔州(今四川奉节)刺史的刘禹锡了。在题材上，对原宥于男女私情的竹枝歌进行了拓展。他创作的竹枝词，多写巴山楚水的风土人情，大则咏史咏志，小则抒怀记景；在形式上，将七言律诗的形式相对固定了下来，使之更为工整雅致，朗朗上口；在风格上，将盛唐风骨和巴渝地方特色结合起来，使文人竹枝词达到了亦雅亦俗、雅俗共赏的艺术效果，为之赢得了更多的受众从而声名远播。《乐府诗集》卷八十一有云：“《竹枝》本出于巴、渝。唐贞元中，刘禹锡在沅、湘，以俚歌鄙陋，乃依骚人《九歌》，作《竹枝》新辞九章，教里中儿歌之，由是盛于贞元、元和之间。”[12]

《田氏一家言》是鄂西容美土司田氏家族几代头领们的诗文作品集，由清康熙年间的土司司主田舜年编撰，原稿十二卷在刻印时丢失，后《容美土司史料汇编》上收集到的仅六卷，共有诗文五百多篇，具有较大的文学价值、史学价值和民族文化价值。[13]田氏家族出产如此之多的文化人与土司时代的文化专制制度密切相关，朝廷规定土司司主世袭罔替，但必须经过朝廷的考核，土司贵族阶层便更加重视利用他们所特有的读书受教育机会，让子孙后代勤学苦读，广泛研习汉文典籍以巩固自己的统治地位。容美土司是巴人正宗后裔，又是元朝在湘鄂渝黔所设立的众多土司中实力较强、影响较大的一支，他们重视教育虽主观上具有强烈的功利目的，客观上却促进了巴文化与汉文化的融合，促进了后人整体素质的提高。

第二章　作为表现对象的土家

“为什么我的眼里常含着泪水，因为我对这土地爱得深沉。”

这是著名诗人艾青在《我爱这土地》中写下的动人诗句，它曾以极朴实的情感激动着许多人思乡的心。每一个人，都热爱自己的故乡，故乡的一山一水、一草一木，都足以构成诗画般美丽的风景，牵动着思乡人那脆弱敏感的神经，感情细腻丰富的作家们当然更是如此。幼年时期故乡那熟悉的生活环境是土家族小说家们早期经历的重要组成部分，虽然世易时移，旧时的生活内容已经渐渐淡忘，但当时的情感体验却不曾消失，将成为自己思维情感的一部分，影响着今后的创作和生活。

本章将从题材角度来分析土家族小说作品，题材是作者对现实生活的提炼和概括，题材意义上的土家文化也不等同于其实际，对土家文化内容的选择和描述方式本身体现了作家对本土文化的情感和态度。

土家族作家们的创作题材多取自土家村寨里熟识的人和事，在此，笔者将用三个小节，分别从小说作品中所描写的山村风物、生产生活习俗和乡民形象这三个大的方面来分析作家的作品中所展示的土家世界，进而从中窥探出他们对本民族文化的挚爱与强烈认同。

一、田园诗话般的生活环境

土家人所居住的地区，多集中在鄂西恩施土家族自治区、湘西土家族苗族自治区和渝东南、黔东北一带，山势挺拔险峻，又有盆地、丘陵镶嵌其间，水系发达，河流众多，物产十分丰富。那峻朗的山，那温润的水，那正在生长着的广袤田野，都是土家族作家笔下一幅幅美丽的图画。

他们这样描写故乡的河流：

那时断时续的伐木声从远处飘过来，在古木河上弥散。这零零落落的声音，与潺潺的流水声融在一起，于是，就像流水一般的长久了。[14]

时下正值农历六月天气。今年雨水多，又加上夹河两岸全是青山古木，虽是炎炎夏日，河水也未见枯少。天晴几日，这河水越发变得清澈，深处一潭碧绿，浅处一流晶莹，游鱼一串一串的，在清澈中摇着尾巴。把手伸到水里去，它们就会围拢来，用嘴嘬你的手，痒痒的。[15]

又如描写村寨边的醉人风光：

月光落满了寨路。凉浸浸的夜风，送来醉心的桂花香。坡脚下，小溪潺潺流；碾子屋边的“水打鼓”，被流水冲动，嘭咚嘭咚响。路边上，早熟的板栗炸开了刺球球，落下壮实的硬果。仰脸看，月亮好大，好圆，好明光；月轮里的桂花树好清晰，好迷人。啊，这甜蜜的桂花香，是不是从月亮上吹来的呢？[16]

这里的景致实在好，直挺挺的树干，鲤鱼刺一样的杉木刺，马尾巴一样的松针，碎银一样星星点点的月光，黑沉沉的山影，都像在朝他笑，引起他一种甜滋滋的感觉。[17]

诚然，造物主所创造的大自然是美丽的，但美却带有强烈的主观色彩，它是人通过视听的感官刺激而产生的一种心理情感，是愉悦的，是人的情感对客观事物的投射。别林斯基就曾经说过："无论在哪种情况下，美都是从灵魂深处发出的，因为大自然景象不可能具有绝对的美，这美隐藏在创造或者观察它们的那个人的灵魂里。"[18]

对白河和村寨边醉人风光的描写正体现了作者内心深处的宁静与安详，他们在回味家乡的美景时，那种陶醉甚至肃穆的神情不禁跃然纸上。他们对自己生存环境的讴歌与书写带着童心一般的真挚，他们用热情和信仰将自己民族世代所经历的古朴得近乎粗陋的生活升华为一种诗意的栖居，让我这样的外乡人徒生几分羡慕和嫉妒。

作为土家山寨里的一员，动物，是土家人生活中不可缺少的一部分，被人类驯养的动物利用自己的本领为主人作着这样那样的贡献，而野生动物，也在与人类的共存之中与人类建立了十分默契的关系。

李传锋的动物小说一方面通过动物的心理和情感表达了一种深切的人文关怀，另一方面，人与动物和睦相处的感人世界具有极大的生态美学意义。

在《秋天的山野》中，他写到一个捕猎野猪的故事。捕猎曾遭遇失败，原本应该死在猎人枪口下的野猪在与豹子的较量中双双受伤死去，这既让人兴奋，又使那些勇敢的猎人们有点失望和可惜。小说中写到了冬天里那充满和谐之美的山野：

> 冬天的山野美极了，森林里的野草已经枯死，经大雪一铺，亮堂堂一片，高大的乔木撑着大伞，承着白雪。从下面走过，活像走在冬天的林荫道上，只要你不惊扰这安静的世界，山国会向你裸露一切。顶着花翎的锦鸡会摇动着五彩的尾巴在你前边踱步，当年出生的小松鼠毛光水滑，从温暖的树洞里钻出来，好奇地打量着你这直立的怪物，没有南去的鸟儿们会故意踩动你头顶的枝条，将那晶莹的雪洒你一头一身。山国的冬天，清净而优雅，丝毫也没有都市的那种烦人的喧嚣，不少生命都收缩了，停滞了，但有更多的生命

却在加倍地积累着力量，准备迎接春天的到来。[19]

《退役军犬》是一篇较为成功，较有影响力的动物小说，曾获“第二届全国少数民族文学创作奖”。小说的主角是一条叫黑豹的退役军犬，它出生在大兴安岭，生就一副雄健强悍的体魄，在随军南下的剿匪过程中曾屡建功勋。在一次与歹徒的搏斗中，黑豹负伤了，被当地的土家族老猎人张三叔收养。伤愈后，黑豹很快适应了安闲的山乡生活，它尽职尽责地保卫着农民的财产安全，充当村子里的忠实警卫，咬狐狸、捉野猪、逮獾子和豪猪，还破获过保管员冯老八监守自盗一桶蜂蜜的案件。冯老八利用政治风波，以割资本主义尾巴为名破坏农民财产并占为己有。当他把魔爪伸向张三叔时，黑豹怀着满心的思念去探望了学习班里的主人，结果，黑豹被冯老八公报私仇枪杀致死。

《毛栗球》是基于土家人驯养山鸡的喜好而写的，在作者的创作谈中，他曾这样说过：“我的家乡有一种有趣的风气，男人们喜欢驯养山鸡……人们对山鸡的热爱和驯养是对山野的赞美，是对生活的赞美，也是在劳动之余追求一种美好的娱乐和享受。”[20]

毛栗球是马六爷爷驯养的一只雄山鸡，年轻而又美丽，从寻找野鸡蛋、孵化、饲养训练到被驯化为做媒子诱猎野山鸡的过程，马六爷爷可费了不少心思，一丁点儿都不敢疏忽。毛栗球原本有着不安分的血统，在经历从山野到农舍被强行驯化的转变之后，也曾野性复萌试图逃回山野。但终归，它被人类所创造的安全、舒适环境和马六爷爷的宠爱征服，“温顺”的奴性占了上风。于是，在马六爷爷亲切的呼唤下，又重新回到农舍之中。

动物小说之所以受到人们的普遍欢迎，不仅仅与人类热爱动物有关。动物和人类共同生活在自然界里，相对于人类社会生活的复杂性、多样性，它们的行为和情感要比人类简单很多：看家的狗是忠诚的，负责诱猎野山鸡的媒子鸡也是忠诚的，它们的社会化程度远远高于野生动物。除了努力克服生活习性中不合人类规范的部分并做好自己的本职工作外，它们还得熟悉主人的脾气，分担主人的喜、怒、哀、乐。它们为人类作着巨大的贡献，而有时候，人类的风波则会轻而易举地要掉它们的性命。当人类学会从动物纯真、善良的内心世界中反观自己时，是足以净化我们那圆滑世故的心灵的。

李传锋的动物小说还有《最后一只白虎》、《母鸡来亨儿》、《牧鸡奴》、《红豺》等，都各有特色。他用自己独特的视角，展示了土家族诗意生活的另一面。

二、流变中的生产、生活习俗

俗话说"一方水土一方人"，地理环境与人的性格气质之间的微妙关系早在几个世纪以前就有专家学者曾论述过，泰勒的《原始文化》，丹纳的《艺术哲学》，以及史达尔夫人的《论文学》，都从不同侧面揭示了地理环境对包括艺术家在内的当地居民的影响。

《汉书・地理志》中就曾论及楚人在生产生活和信仰方面的特点，也是从地理文化角度阐述的："楚有江汉川泽山林之饶，江南地广，或火耕水耨，民食鱼稻，以渔猎山伐为业……信巫鬼，重淫祀。"楚文化权威学者张正明对此作了更为详尽的解释："楚国社会是直接从原始社会中出生的，楚人的精神生活仍然散发出浓烈的神秘气息。"[21]楚人认为："天与地之间，神鬼与人之间，山川与人之间，乃至禽兽与人之间，都有某种奇特的联系。"[22]

位于巴楚文化圈中的土家人，对本民族的祖先，对先民流传下来的古训和种种带有宗教仪式性质的祭祀活动，是格外地信奉和敬仰的，这就使得土家人的生产生活具有鲜明的地域文化色彩。正是这种别具一格的风俗民情，给土家族作家的小说作品增添了无穷的艺术魅力。在三位土家族小说家的作品中，屡屡出现土家人生产活动、丧葬仪式、节庆和婚俗等方面的细节描写和刻画。如：

> 水牛寨的夜晚，既透明，又神秘。家家户户的瓜园里，有人影子晃动，有清脆的瓜藤折断的响声。一年一回的“偷瓜”活动又在这些瓜园里进行了。参与这活动的大多是些年轻人。对于未来，他们既有茫然的一面，又有充满了梦幻和憧憬的一面。他们寄希望于“偷”到一个镌有吉祥如意图形的金瓜。他们为什么有这种企望？那是用不着说明的。[23]
>
> 屋后果林里，有人在为来年的丰收禳祈。一个人拿把斧头在果树上敲打，并且边打边问：“结不结？”一个提灯笼的角色回答：“结，结得像饭团！”问“甜不甜？”答：“甜得像蜂糖！”“掉不掉？”“不掉，结得牢又牢！”独眼老惹知道，当提灯人回答“结得像饭团”这话时，应将预先准备下的饭团随手朝果树上撒去。[24]

以上两段描写表现了土家人在新年时，模拟农业生产过程中的语言和行为来祈求丰收的情形。按照英国著名人类学家弗雷泽在《金枝》中的阐释，属于“顺势巫术”，即基于“相似律”的错误认识而采取的虚妄的控制自然的办法——认为同样的“因”可以产生同样的“果”，或者彼此相似的事物可以产生同样的效果。[25]从科学的角度来讲它是荒谬的，从艺术的角度来看，这样一种简单的对话和行为则具有极大的艺术感染力，让人有身临其境之感。

李传锋小说《冬竹》就体现了作者对这种生产活动中的“巫术传统”所进行的思考。《冬竹》中写到覃大爷为种竹子而蓄意打了小孙女竹竹的故事。土家传说认为，种竹子的时候，小姑娘的眼泪会激发竹子的灵性，最好是一边哭着流泪还一边“发呀”、“发呀”地求饶，这样，竹子就肯发蔸，长得快。为达到这种效果，以往的乡亲们总是带着的亲女儿或亲孙女去种竹，然后在新竹边演一出责罚、殴打的戏。按覃大爷前两次成功种竹的经验，一次是女儿小时候哭过的，一次则是儿子亲手浇过水、施过肥、治过虫的竹子，并没有伴上小姑娘的“眼泪”，更无从听到“发呀、发呀”的变相“祈愿”。竹子的繁盛茂密，本身就让老人家对祖传下来的种竹办法产生了怀疑，可他想想，觉得让孙女竹竹流点眼泪也好。为什么呢，“习惯了的东西，真不容易改呀……照老办法试试也好，就像逢年过节，总想放一挂鞭炮一样，这既是一种气象，也能满足一种心情，寄托一种愿望。”[26]

这篇小说格调清新、语言舒缓，对土家“宁可食无肉，不可居无竹”居住习惯的描写和祖孙感情的细腻刻画，充满生活情趣、诗意盎然。同时还表现出作者对传统习惯在新生活环境中存在方式的敏感：它若隐若现，归宥着人们的某些行为，让人在顺从的同时，难免心生背离和反叛。传统习惯往往通过仪式化的活动和长者的权威得以保留，科学文化知识的普及和深入应用则使人看出传统习惯中的荒诞不经。对传统既顺从又叛逆，正是社会转型时期，人们矛盾心理的真实写照。

如果从历史的角度来解释，“传统”则“意味着一整套通常由已被公开或私下接受的规则所控制的实践活动，具有一种仪式或象征特性，试图通过重复来灌输一定的价值和行为规范，而且必然暗含与过去的连续性”。[27]当社会迅速转型，削弱甚或摧毁了那些与旧传统相适宜的社会模式时，传统的载体便不再具有足够的适应性，不得不导致旧传统的崩溃和新传统的诞生。

除生产习俗之外，生活习俗也是作家们重点关注的对象。

土家人的丧葬仪式中，以“跳丧”最具特色，在孙健忠的《舍巴日》中，“跳丧”的美学意义得到了充分的发挥。跳丧是女主人公掐普最为擅长和喜欢的娱乐活动，它作为原始文明的标记，生动地反映了掐普部落里的生存状况，也是掐普心理成长变化的重要线索。

“部落里死了老人，被认为是一桩最快活的喜事，大家都来为死者跳一种叫‘撒忧尔嗬’的舞蹈：

白虎当堂坐，撒忧尔嗬，
白虎是家神，撒忧尔嗬，
白虎当堂坐，撒忧尔嗬，
无灾又无祸，撒忧尔嗬。”[28]

以上是表现对白虎神的崇拜，还有表现对祖先的缅怀和歌颂的：

滔天的洪水退了，
世间上没有人了，
只剩下葫芦船上的两兄妹，
阿哥叫布所，
阿妹叫雍尼，
……[29]

这是生者为死者跳的舞蹈，欢乐多于痛苦，土家人乐知天命的生命意识和对死亡的豁达态度，尽含其中。

在节庆方面，土家族除农历大年三十过年团圆之外，还将大年三十的前一天定为“赶年”。“赶年”的有趣过法在孙健忠的《舍巴日》中也有描述：

赶年这一天来到了。独眼老惹年前就杀年猪一口。依照老祖宗传下来的规矩，先将刮得雪白的年猪藏在门角落，还拿蓑衣盖严。独眼老惹拿一把杀猪刀，站在门后等。听见门前有人过路，不管是熟人是生人，他都出去，把过路人追上，请他来家吃一顿酒肉。这里团年，又比别处提早一天。[30]

土家族的婚俗包括认亲、过门、订婚、婚礼、回门等一系列繁琐复杂的过程，因篇幅限制，这里只按照作家们笔下出现频率较高的迎亲、抢亲的仪式作简单介绍和分析。

《舍巴日》中就曾展示过一个极其生动、极其完整的“抢亲”仪式，这种看似野蛮，实则委婉多情的古仪，是父权制时期用武力强娶新娘而遗留下来的缩影：

> 依照部落的规矩，到了择定的婚期，掐普换上查乞带来的布衣，藏进一个青树洞里。里也派来的十多条壮汉，白日在山下埋伏，天一黑，便点燃灯笼火把，敲着响器，吹起树皮号，一路喧喧嚷嚷冲进十必恰壳。这就是“抢亲”的古仪。部落的青年男子当然早有准备，一听到喧嚷，就从树林里跳出，装成拦阻的样子，不让客人进山。双方吵吵闹闹，推推搡搡。之后，聪明的里也人终于把掐普找到，抢过去，搁在背上背起就跑。部落人似乎仍不甘心，故意追赶一气，好事的还抄近路，赶在里也人前头，封住小河上的土船。于是又有一番争抢和吵闹。里也人被弄得无法可想，一面苦苦求情，一面拿出事先备下的礼品散客。部落人这才停止拦阻，任新娘由里也人抢去，越过无数道凶山恶水，往一个既遥远又神秘的世界去了。[31]

类似的古仪在20世纪80年代土家族作家们的笔下已经很难再看到了，《舍巴日》的作者孙健忠用他卓越的眼光将这种仪式用优美的文字保留了下来，的确让人欣慰和欣喜。在更多的作品中，我们普遍看到的将只能是这种传统仪式在历经长久时日和所谓“现代化”洗礼之后的变异情形了。

李传锋的《十八里盘山路》中，许小芹和王有志原本准备参加公社里的集体婚礼，后来终于不忍违逆哥哥嫂子的意见，同意婚礼按照传统的办法来办：

> 接亲的队伍走近了，家里还不动声色。小芹正奇怪，只见几个妇人在门口闪了一下，大门突然关上了。
>
> 这时候，门里门外喜锣喜钹炒豆炸鞭似地敲起来，“八仙”师傅吹响了激越的“小开门”、“大开门”。按照从前的礼俗，关门是拦阻迎亲队伍、表示拒嫁的仪式。男方的“拜匣”收持者得想法乘人不备时从侧门钻进去，在中堂上点燃，供放“拜匣”，还要鸣放鞭炮，表示对女家列祖列宗的谢奠。[32]
>
> 土家山村里如今还认真保持着婚聘的古风，认为女人公开向男人求婚是丢脸的事。尽管自由恋爱的事日渐增加，而仍必须做出男方三番五次向女方求婚的姿态，这一半是做给女方的父母看的，一半也是做给村里的长辈们看的。
>
> 就因为这个原因，小芹家里今天对山下来的“佚子”，也就不肯表示出过多的热情。尽管知事客也把脚蹬在门坎上拿腔作调地高喊一声：“装烟啦——筛茶——”那些穿着花花衣裳的筛茶姑娘根本就懒洋洋不应声。山下来的一班小伙子多次见过这种场面，也不大计较，只是昂起头来，叼了烟，把包杠一扔，朝人堆里拥去了。[33]

女方的假意拒绝和倨傲姿态是沿袭传统婚嫁习俗而来的，而小芹的婚礼，在遵守传统之外，仍能看出细微处的折扣和变化来。当婶娘姨妈们各自用一块手帕捂住脸，帮着哭嫁，年轻姑娘们却有意躲开——她们哭的不是一个腔，合不上板。[34]当新郎派来的接亲队伍上路时，“八仙”师吹响了“娘哭女”、“女哭娘”的调子，起头时吹起的是“东方红”。[35]

可见主流意识，已在不知不觉中悄悄占领了民间文化的阵地，“东方红"作为特定时期主流意识的代表——提倡对领袖的热爱和崇拜，已经深入到土家人的生活之中。

曾向读者倾情展出土家婚俗古仪的孙健忠，在积极回应新时期一浪接一浪的文学思潮时，对自己民族文化的细节，也有充分的关注，在《甜甜的刺莓》这样一篇带有反思意味的小说中，对竹妹和政治投机者向塔山的婚礼就有敏锐独到的描写：

> 大清早，向塔山就来枹木寨接新嫁娘。他穿了很合休的上蓝下青的新衣，梳起油光光的分头，手膀上挂着弯把儿铁骨子青布伞；当然的，胸口上还有毛主席像章，侧腰下还有帆布挂包和语录袋。[36]

当新郎官向塔山着一身气派的"红装"出现在婚礼上时，毋庸置疑，当时主流意识的强势话语地位已经得到众人的默许和认可了。在民族文化短暂的失语和缺席时，那打记事起就受土家传统婚俗熏陶浸淫的姑娘们，怎么会不想念起她们专有的哭嫁歌呢？

> 同年姐妹们想到竹妹就要离开她们，心里很不好受，眼皮儿发红了。她们说，她们拥护新的风俗，可是唱唱《哭嫁歌》又有甚么不好呢？当然的，"哭天地"是要不得了，"骂媒人"也用不上了，可是为哪样连"哭姐妹"也不兴了呢……
>
> 若能唱几天哭嫁歌，用歌声来回顾她们的友情，倾诉她们离别的愁绪，也算尽了姐妹的情分啊！[37]

自古以来，国家主体话语和民间话语就构成了社会生活中的两种声音，它们彼此交融，相互影响又相互妥协，当政治话语强势的时候，民间话语不可避免地受到压抑，民间文化总是随着文明的进程而日益明显地暴露出自身的落后性和非科学性，最后逐渐丧失它的领地。孙健忠

《舍巴日》中就曾写到过土家“还天王愿”这一习俗在背离科学和主流话语时不得不作出妥协的事例。

> 天王就是廪君，廪君是十必恰壳人的祖宗，也是里也人的祖宗。廪君死后化为白虎。白虎要吃人血。但在里也人是不能杀的，只还“牛头愿”，杀牛，以牛血祭祖。后来有了保护耕牛的法令，牛也不能杀了。[38]
>
> ……

三、淳朴无华的土家人形象

英国功能学派人类学家马林诺夫斯基曾经说过：“我们发现文化含有两大主要成分——物质的和精神的，即已改造的环境和已变更的人类有机体。文化的现实即存在于这两部分的关系中，偏重其一，都会成为无谓的社会学的玄学……器物的形式始终是为人类行动所决定，所关联，或为人类观念所启发。”[39]

土家人是土家文化的创造者和实践者，是土家文化的主体，只有深入了解他们，才能更深入地了解土家文化。本章试图从土家人的土地情结、土家女性形象、土家人眼中的“他者”——外来者形象这三个方面来进行分析。

土家族所在的区域，就最根本的文化形态来看，属于内陆农耕文化。土地，作为庄稼人世世代代得以谋生的基本生产资料，总是备受珍惜。同时，农业生产中的劳动方式也对土家人心理性格的形成起着十分重要的作用。由于长期定居于某个地区，流动性小，宗法血缘关系得以长期保存下来，从而形成了一种细密严谨的家族伦理关系。人的思维方式由于受到土地和宗法伦理的力量所规定，形成了一种相对保守谨慎的人格状态。[40]

对土地近乎崇拜的热爱和对农业生产劳动近乎迷狂的执着，构成了土家族庄稼人“土地情结”的全部内容。这种情结支撑着他们的信仰，因为土地上的收成可以帮助他们实现一个又一个具体而微的生活目标；这种情结又以巨大的排他性抗拒着其他生产方式的“入侵”，因为淳朴敦厚的土家人无法用自己的思维习惯去充分理解和接纳它们。

在三位作家的小说作品中，那些有着执着得近乎顽固的“土地情结”的土家人，多为中老年男子，他们在生产活动中受益颇多，又通过勤恳诚实的劳动赢得了良好的口碑甚至树立自己的光荣形象，他们对土地最难割舍。在孙健忠小说《舍巴日》中，作者的叙述和独眼老惹的独白，就生动地表达了这一点：

> 栽秧这天，他欢喜得发癫，一整天饭也不吃。问他怎么不吃饭？他说吃了！田里吃的。咿呀，他吃的哪里是饭，是水田里的稀泥巴，而且足足吃下端桶那么大堆。田土是他的命。许多年来，他活得像一个死人，现在转生了，是一个真的活人了。他还有一身好力气，要把它在田土上消耗干净。人到晚年，他还要过足种田的瘾头，并且创造一点儿奇迹。是种出银元、铜壳子么？嗨，银元、铜壳子算什么？他要种出黄澄澄的金子。[41]
>
> “哼哼，不揉泥巴坨有个狗屁你吃？看嘛，世界上有哪样东西不是泥巴里长出来的呀？没有泥巴坨，只怕也没得我们人了。[42]
>
> 雨离不得水，雀鸟离不得林，人哪，怎么能离开土地？天下万物，有什么不是靠土地生养出来的呢？一个人，当他抱怨土地、背叛土地的时候，将会受到怎样的惩罚，现在可看到了……他一生中最后勃发起来的事业心完了，他要在田土里种出金子的宏大理想完了。他心灰意冷，觉得再也活不下去了。[43]

脚踏实地的农业生产劳动锻造了土家人吃苦耐劳的美好品格，他们已将土地和劳动本身当成自己生活所必需的一部分，离开了土地和劳动，难免怅然和若有所失。

同样，在孙健忠的《云里，雾里》中，蝉妹的父亲老晃大叔，很安于锦鸡岭的富足生活。在荒凉的山岭上做单门独户的人家，他丝毫不觉得委屈与孤独，大片的荒田与山地对他而言，是无穷无尽的财富。对于龙尾街人，他心里有一层很深的隔膜，认为他们懒、滑，做阳春不认真，尽会图松活，做生意捞钱。[44]

老晃大叔也有一本类似于独眼老惹的“土地经”，在小说中作者通过某些话语表达了老晃大叔唯务农为尊的观念：

> 俗话说：生意买卖眼前花，锄头落地是庄稼。赚得那几个钱（指作生意）有什么用？做阳春才是根本。[45]

而作者对老晃大叔在锦鸡岭上刀耕火种、自给自足的耕作方式是不敢苟同的：

> 春播就要开始了，只等天一放晴，全家人便到山坡上去，用长把柴刀把荒山上的荆棘、灌木和杂草砍光，再放火烧山。在腾腾烟雾里，进行播种。这叫砍火畲！是古老的、原始的耕作方式。即使到了二十世纪八十年代的今天，它仍然在我们国土的某些角落里完整地保存着，并且给蝉妹一家人以希望和满足。[46]

在现代都市的工业文明和商业文明中饱受熏陶的土家族作家，在面对自己民族落后的生产生活方式时，他们的心情是复杂的。当年的沈从文着力颂扬湘西人的古朴、野性，称赞他们具有最原始的生命力，而将城市中的人贬斥为病态的、慵懒的。这对他们而言，却做不到。他们所生活的时代正处于日新月异的变革中，“发展经济”是社会生活中的关键词，他们受“主旋律”的感染而迫切地期望自己的民族繁荣富强起来。而凝结在落后生产方式之中的诗意生活与现代文明急剧冲突，其间所引起的与传统相断裂的痛苦，往往使得土家族作家们难以释怀……

土家姑娘勤劳、善良、朴实，但她们的淳朴之中并不缺乏智慧和心计，温顺之中也有大胆和泼辣。

《甜甜的刺莓》中，竹妹曾主动向三牛借砍柴刀，提议两人合作，一人来砍，一人来捡和捆，这样可以两全其美，不耽误工夫。

> “三牛哥，我拿了你的柴刀，你拿什么砍呢？”
>
> “等你砍起了一背柴，我再来砍。”
>
> “哎哟，那又怎么好？”
>
> “我今天索性不砍了，明天再砍。”
>
> “更加要不得了，这不是救了蛤蟆饿死蛇吗？”
>
> ……
>
> “三牛哥，你看这样要得要不得？我们共一把柴刀，打伙砍，一个就搂柴、捆柴，……”[47]

对比三牛的木讷和实在，竹妹显得热情、能干。这是竹妹和三牛劳动上的第一次合作，这样一个聪明伶俐的姑娘，何尝不让小伙子魂牵梦绕呢？

在生产劳动中，土家姑娘善于运用自己的勤劳和智慧，在爱情方面，她们也会巧用心计、适时表白，而不是忸怩作态，任自己的幸福白白溜走。

三牛对爱情的缄默曾令竹妹十分不满，她不愿看着三牛为“成分”的问题而独自苦恼，就大胆地向他作出过追问和表白：

"嗨，你莫装样子了，尽装样子给哪个看？"竹妹有点儿气恼地说，"你准以为，别个看不起你，嫌弃你。是不是这样的？"

……

"若有一个姑娘家，看得起你，不嫌弃你，你心里头也装不落她吗？"

"这号姑娘家不会有。"

"有。"

"日子久了，她要反悔的。"

"她不反悔。"[48]

《云里，雾里》中的蝉妹，因无法判断小椒对她的感情，也曾采取过种种旁敲侧击的办法，试图了却自己心中的疑虑。小椒终归带着梦想出门闯荡，无法给她一个满意的答案，但对感情问题所作的积极努力则能让蝉妹无怨无悔。明明是有心去找小椒，还装成是无意的样子，碰上心爱的人难免忐忑，却又很快让自己镇定下来，急中生智拿出背篓里的布鞋来洗——土家姑娘的细腻、沉着可见一斑。

土家姑娘还有着自强自立的坚强个性，这保证了她们完整独立的人格，"好男不吃爷娘饭，好女不穿嫁身衣"。[49]出嫁时，小芹坚决不肯带哥嫂准备的嫁妆，不穿男友送过来的嫁衣，而穿自己用劳动换来的嫁妆，体现了姑娘家的骨气。

《烟姐儿》中的女主角烟姐儿，相比竹妹，相比小芹，在土家姑娘特有的淳朴、温和和善良之中，更多一份泼辣、自信和调皮。烟姐儿对丈夫温柔体贴，对几个小姐妹关怀备至，遇上困难和麻烦，总是那么果敢和镇定，里里外外，她都是一把好手，当仁不让地担当着领导者的角色。靠着她的气魄和姐妹们的辛勤劳动，新种的烟叶儿得了好收益，除上交承包时所规定的责任款之后，还有盈余。她便思忖着如何把这新技术推广开来，让乡亲们都富起来。这样一个热情、无私的烟姐儿，着实人见人爱。

除了刻画本土庄稼人和可爱女性的鲜明形象，土家族作家们的小说作品中还存在着形形色色的“他者”，对“他者”的描述体现了作者对自己民族文化的反观和思索。

古往今来的人们都希望能认识自己，这种冲动形成了上古时代的神话和传说，构成了哲学及现代科学发展的原动力。认识自己可以从自己着手，考察自己的生活、习性、文化、体质特征等，但这显然是不够的，因为更完整、准确地认识自己还需要一个对照或镜子，而他者正好可以作为一个参照体系。从本质上讲，人是一种关系的动物，即是在关系中界定自己和认识自己，并依据这样得来的身份(社会认同)和角色(社会对个人的行为期待)与别的个体产生互动。个体的人如此，群体的人亦是如此。可以说，他者作为认识自我的参照，其存在是必要的，甚至是不可避免的。

作为与自我相互界定的参照物，他者一直是我们衡量自己的价值、特征或共同人性的标尺，其形象经常出现于古今许多文献和传说。我们不得不承认，通过研究他者能够比仅仅研究自己更为深刻地认识自己。正是出于这样的道理，土家族作家们的写作并没有局限在自我的狭小空间之内，而是将笔端投向更为遥远的他者。

《母船》里的毛毛就是作者精心营造的“他者”。毛毛是先进的汉民族和现代文明的代表，作为一个音乐学院的女大学生，她代表着知识、青春、力量和美，当她搭乘九姨掌舵的“母船”时，她感叹着白河时而娴静时而激越的美，又为白河上过往船夫们那充满冒险色彩的生存方式暗暗折服。最后，白河上多了一条由女大学生驾驶的母船——毛毛也和九姨一样，将终身都托付给这样一条神秘而动人的河流了。

白河孕育着土家人，白河就是土家文化的源头，让毛毛无可自拔地爱上白河，这体现了作者对民族文化的认同感，同时也体现着他对民族文化被外界认同的深切渴望。

《白河》里作者安排了一个知识青年洛杉，待同时下放的其他知青都通过各种各样不同方式回城之后，他却弃绝了返城的机会而执意留在旧居“得月楼”里成天整理资料，以探寻白河的神秘历史。一方面他教书育人，为土家人作贡献，一方面他发展自己的兴趣，集中精力撰写论文《白河流域一个古老民族的踪迹初探》。作者还借知识青年洛杉之口抒发了文化于一个民族发展之重要性的感慨：“一个民族没有文化，就像金矿一样，会被沙石越埋越深。社会出现茫茫的沙漠，长不出大树，长不出花草，只能生出奇形怪状的仙人掌；在人类社会的沙漠里，没有颜色，没有声音，没有流泉，没有绿荫，生命永远像一只沉重的骆驼。”[50]

第三章　小说文本细读

一、《舍巴日》的文化人类学解读

《舍巴日》是当代土家族作家孙健忠的一部中篇小说，小说以发生在湘鄂西边界的一个多角爱情故事，向人们展示了人物活动的时代背景和文化背景，具有浓郁的民族气息。作品虽发表于20世纪80年代初期，至今已隔30余年，但其中所呈现出的独特的文化事象和以爱情为线索贯穿一个民族生产生活演进历史的行文结构依然具有很强的当下意义。本章试图从作品的文化事象、结构线索和人物形象这三个方面着手，充分发掘出《舍巴日》独特的文化内涵和美学意义。

(一)以“舍巴”为主导的系列文化事象及其深层涵义

“舍巴”是土家人最热爱的舞蹈，即“摆手舞”，“日”是“做”、“举行”的意思，故“舍巴日”就是“摆手活动”的意思。“摆手舞”最初用于祭祀，后来成为土家男女老少节庆或盛事时的娱乐活动——借娱神以自娱，热情洋溢的舞蹈有着极大的感染力，让人情不自禁地加入到舞蹈队伍中来。

《舍巴日》的主人公“恰普”生活在以树叶遮羞、以瘦肉、野果为食的巴人部落，在这里，跳“舍巴日”是部落男女老少最为醉心的娱乐，他们以此来为部落里死去的老人庆祝。人们赤裸着黑黑的身子，环绕死人，时而相对击掌，时而绕背穿肘，时而触地衔物，时而踞脚打旋，口中还唱着粗犷的神歌。[51]这种生者为死者所跳的舞蹈，浓缩着部落中原始人们强烈的思想感情和信仰，有着极其丰富的象征意义和文化内涵。

《舍巴日》的开篇即为读者描绘了一幅神形生动、场面壮观的“跳丧”画面。其中一首名曰“撒忧尔嗬”的唱词是这样唱的：

白虎当堂坐，撒忧尔嗬，
白虎是家神，撒忧尔嗬。
白虎当堂坐，撒忧尔嗬，
无灾又无祸，撒忧尔嗬！[52]

这一段唱词是较为典型的“丧歌”歌词，节奏明显，音韵绵长，既能配合热烈壮观的“跳丧”之舞，又可藉咏叹之调表达对死者的感情与祝愿。

唱词中的白虎是古代巴人的图腾崇拜，在南北朝时范晔所著的《后汉书》之《南蛮西南夷》卷就曾记载：巴人出自武落钟离山，本有巴、樊、目覃、相、郑五姓，后来其他姓氏都拥立巴姓人巴务相为王，称他为廪君，廪君死后魂魄变成了白虎。

“巴人崇虎”，“楚人崇凤”。古代的巴人聚居在四川西南一带，与长江中下游楚地居民一衣带水，紧密相连，彼此在生产生活、文化娱乐上相互影响，形成巴楚文化交融之势。地处湘鄂川黔四省交界处的土家族，其民族特征在很大程度上受巴楚文化双重影响。作为民族图腾的“白虎”又分为“坐堂白虎”和“过堂白虎”，“坐堂白虎”是家神，需要祭奉和敬仰，“过堂白虎”则是邪神，需要回避甚至驱赶。

“撒忧尔嗬”的歌唱是一种仪式，是一种娱乐，一种审美，更是一种深刻的民族记忆，这种记忆像血脉一样把土家人联结起来，甚或比血脉联结得更紧。类似于此类记忆的“舍巴歌”还有很多，文中提及的另一则“兄妹成婚”的舍巴歌歌词是这样唱的：

滔天的洪水退了，
世间上没有人了，
只剩下葫芦船上的两兄妹，
阿哥叫布所，
阿妹叫雍尼，
……[53]

该唱词由兄妹成婚神话故事改编而来，也称作“洪水神话”，反映了在自然环境恶劣、生产力水平低下时，土家族曾面临“种”的危机，连人自身生命都难以生存繁衍下去，不得不近亲婚配。

恩格斯曾经说过：“任何神话都是用想像和借助想像以征服自然力，支配自然力，把自然力加以形象化；因而，随着这些自然力之实际上被支配，神话也就消失了。[54]随着生产力水平的提高，洪水带来的危机可由日益先进的水利技术进行抵御，巴人部落的人数也日益增多，不必再重演兄妹成婚的悲壮与尴尬，洪水神话中暗藏着的兄妹成婚的近亲婚配模式却成为一种习俗慢慢延续和保留了下来。在禁止近亲结婚的新《婚姻法》条例颁布之前，土家族地区流行近亲婚配，尤其是姑舅老表结为连理，有“姑家女，伸手娶，舅家要，隔河叫”的说法，即舅舅家的儿子优先享有姑姑家女儿的婚配权。

除“撒忧尔嗬”和“兄妹成婚”外，舍巴歌还有很多，包括土家人祖先的诞生史、奋斗史、辉煌史……在诗意的舞蹈和唱腔中，土家人重温着关于自己祖先的亲切记忆——自己民族的起源、自己祖先的丰功伟绩……他们祈求着祖先的护佑与荫庇，与此同时，共同的信仰增强了民族群体的凝聚力，民族认同感日益增强。

作为口头文学，舍巴歌内容丰富，应用性强，对于有自己民族语言、没有自己民族文字的土家族来说，在很长一段时间内起到了传承本民族历史与记忆的作用，具有很强的史料价值。

（二）以“恰普”爱情得失和心理成长为主线的结构模式及其隐喻

在《舍巴日》里，文明与落后、开化与蒙昧之间的冲突可谓达到了极致。十必恰壳、里也和马蹄街这三个地方分别代表着不同的生产力水平和经济形态。

十必恰壳的社会状况几近于原始，人住在树上，靠篝火取暖，用蛮力对付动物以获取食物。这种群居生活自有其乐趣。人们以大型的摆手舞——舍巴日作为一种节日狂欢，人的死亡，也被看作是一种幸福的再生。出生于此地的恰普就是一个自由快乐的女孩，她思维简单，心地善良，直率而天真。

里也的意思是“可开辟的耕地”，在恰普族人的眼里，这里的农耕生活是一种诗意而美好的栖居方式，物产富足，令人神往。琐碎得近乎冗繁的农活和听由老天定收成的无奈则使得长于这一块美丽土地的年轻人日渐消弥了对她的眷恋，生出对外面世界的向往之心。里也的神奇土地对老农民独眼老惹的三个儿子来说是落后闭塞的，他们甚至把逃离土地的束缚、走向遥远他方当作理想和目标。宝光、宝明背着老父亲外出谋生了，老三宝亮的孝顺压倒了内心深处的苦闷和孤独，只得陪伴在父母身边。

马蹄街其实也只是一条非常简陋的、有着两排相对整齐密集房屋的小街，是一个小型的农产品集散地。马蹄街开餐馆的岩耳不仅美丽、大方、时尚，更难能可贵的是她有一副生意经，把这个“猫记饭铺’经营得热火朝天。宝亮像饭馆里任何一个见过岩耳的男人一样，受到她的吸引和魅惑，他留下来给岩耳帮工，两人无可避免地相爱了。

岩耳不是自由之身，她迫于母亲的要挟，按照“姑家女，伸手取，舅家要，隔河叫”的土家传统婚俗与“木瓜”表弟结了婚，宝亮亦不愿忤逆父亲而娶了恰普，但他无法将爱情给予这个自己并不爱的“野蛮人”。月老的错误让宝亮和岩耳的恋情热烈而又辛苦，“木瓜”表弟病逝后，他仍在和恰普、岩耳的多角爱情中受着折磨。他一度被诬陷入狱，后来得到了澄清，这反而使得恰普、岩耳如姐妹般友好和睦。

小说以宝亮的爱情选择隐喻着作者对现代文明的接受态度，这一点是十分明显的。小说中的岩耳，从打扮到行为举止，十分的商品化，代表着现代文明的种种特征。而女人，特别是美丽女人，商品化的“摩登”女人根本就是商业社会的表征，女人和城市之间的某种神秘联系早已在无数的文学作品中被阐释得淋漓尽致。文中这样写到岩耳：

> 一个迷人的精灵！望着她，真是一种欢悦和享受。加上她完全照一个城里女人最新派的打扮，高跟鞋、开胸毛线衣、手镯、金戒指，浑身散发出捉摸不定的异香，使她显得无比华丽和高贵。她是从另外一个世界来的人，是现代物质文明的样品。[55]

小说末尾恰普灰心丧气地回到自己的出生地十必恰壳去，自然给宝亮、岩耳的爱情一个结结实实的大团圆结局；而恰普怎么也找不到她曾经的部落、亲人、小野兽与大森林了。被淘汰了的文明就像伤心的恰普一样，怎么也找不到回去的路了。

历史的发展具有不可逆转性，当一个民族走向新的生活，决意弃绝从前的愚昧和落寞时，曾经一切的壮丽辉煌都不复存在。作者怀着极大的热情和殷切的期盼，希冀自己民族走向文明、繁荣和富强，文中描绘的马蹄街和宝光、宝明所在的大口岸显然符合土家人未来的生活理想。然而，他也清醒地意识到，文明从来就是一把双刃剑，在带给人们更为优越的物质享受时，也会增添种种忧虑和困扰——让人心为形役，难以自拔，正如黑格尔所说：“一切现实之物都包含有相反的规定于自身。[56]

（三）纠结在矛盾冲突中的人物及其归宿

十必恰壳、里也和马蹄街的经济形态、生产生活方式各有其特点，活动于这三处的代表人物恰普、独眼老惹和岩耳也各有各的希冀与烦恼。

恰普出嫁前生活在被世人遗忘的巴人部落，这里的男女以采摘和狩猎为生，所有劳动成果都平均分配，私有财产和私有观念尚未形成，部落人除了因天气原因偶尔挨饿、受冻外，未曾有其他烦恼。当恰普怀着对文明世界的向往来到里也，成为老三宝亮的妻子、独眼老惹的儿媳后，她第一次为一种全新的负面情感所困扰——嫉妒。当得知宝亮这个本该属于她独有的男人根本不爱自己，爱的是马蹄街的岩耳之后，她尝到了剧烈的痛苦感受。当然，恰普对此的理解是“他的魂魄被另一个女人摄走了，我要去找她还回来”。

恰普在里也尝到了农耕文明带来的丰衣足食的甜头，也因遭遇爱情的失败而备感失落，这究竟是幸还是不幸呢？人类的物质文明前进时，精神世界或许失落得更多。

老惹遭遇商业文明所带来的消极体验甚至比恰普更为全面深刻。

老大宝光、老二宝明两个儿子置他晚年“三年发家，盖房娶媳妇”的宏伟理想于不顾，毅然决然地离家出走，连招呼也不打一声。老三宝亮性情温顺却也蠢蠢欲动，未将心思放在田地上，一有机会便往马蹄街“猫记饭铺”去打零工。农忙时老惹因没有足够的人手帮忙而歉收，自家那几丘水田也被大老王打起了主意。

在商业文明诱惑住他的儿子们之后，老惹感觉到的是从未有过的悲哀。他实在想不通，马蹄街有什么好？马蹄街人好吃懒做、心术不正，只会想方设法骗乡里人的钱。他想起自己曾在马蹄街买过不足斤两的盐、掺水的酒、生蛆的酱油、发霉的糕饼……如果说里也的年轻人是被商业化浪潮带来的机遇吸引，独眼老惹看到的则是商家们为经济利益驱动而日渐淡薄了的道德观念与良知。

岩耳的“猫记饭铺”生意好，天天有钱赚，过得相对开心，饭铺里却也出现了吃白食、还尽想占岩耳便宜的西尼噶。

《舍巴日》在文学风格上是大胆、富于想象力的，具有拉美魔幻现实主义的色彩——在同一时代背景之下，共生着原始、农耕、商业这三种截然不同的经济形态，不同经济文化环境下的各色人物因血缘姻亲关系而相互纠结，形成鲜明的矛盾冲突。作者的难得之处不在于他揭示出了各种矛盾冲突所产生的根本原因，而在于他以高屋建瓴的文化人类学视角看到了人类社会在走向文明进步的过程中，必然遭受某种挫折和创伤，人的精神幸福与物质文明的进步并非成正比，人性中乐观、知足等美好的部分甚至会随着文明的发展而渐渐流失。在当今追逐经济利益的浪潮中，《舍巴日》启示我们更应该珍重自己的精神家园，捍卫社会道德与良知。

二、女性形象与婚俗文化分析

在文学作品中，没有任何话题比“女性”更能检验人的现代意识和文明程度了。在以经济发展为主旋律的20世纪80年代，在湘鄂西聚居的土家族地区，涌现出了大量的作家，他们以强烈的民族责任感和难能可贵的现实主义精神敏锐地捕捉着大环境影响下自己家乡的变化。

以蔡测海、孙健忠、李传锋这三位作家的代表性小说为例，拟分析其中的女性形象和以婚恋为主题的情节结构，试图展现土家族独特的婚俗文化，并揭示出民族文化与时代文化交互作用下，土家人的情感体验及土家族作家的创作态度——对民族性的皈依与书写，对现代性的追求与质疑。

小说中的姑娘们承袭着相同的民族传统，面临着同样的时代变迁，却有着鲜明而不同的个性，从婚恋角度对这些个性迥异的美丽女性的描写中，我们饶有趣味地发现，作品中的女性形象受多元文化的影响，个别女性及个别女性中的某些特质是传统民族文化、时代文化的隐喻，而传统土家文化与时代主流文化又以不同女性人物及其个性特质为表征，在复杂的爱情对决和婚礼形式所隐喻的文化冲突中，土家文化以其自身的独特性和开放性与主流意识形态和主流文化形成一种相对默契的“合谋”趋势，而并非是单一的对强势文化呈“妥协”状态。

(一)处于人生礼仪关键期的各女性及其抉择所隐喻的文化冲突

1. 当婚不婚，当嫁不嫁，阳春的选择传达出了个人的呐喊与时代的心声

《远处的伐木声》(蔡测海著)中的阳春，自幼没了母亲，随父亲老桂木匠及桥桥一块共同生活，老桂木匠严谨而古板，凭着精湛的手艺和正直的人品赢得了十里八乡的尊重，准女婿兼徒弟桥桥则憨厚老实，就手艺技术而言，已不输师傅分毫，时时处处仍看着师傅的眼色行事，这个没有老妇人掌家的家庭，并不像门前的古木河那般平静，暗流一般涌动着的是阳春那颗年轻而不安分的心。

父亲出于对女儿的心疼呵护迟迟不肯把她的婚礼提上日程，阳春却不满于锅前灶后的单调生活，希望自己也能走出家门去谋得事业上的发展。然而，父亲的严格让她不敢与之交流，桥桥的憨厚老实令她的怂恿屡遭失败。得知水生带的队伍里有女徒弟也有女师傅后，阳春不再袖手旁观，跟着那个曾被父亲逐出师门后单干起家的水生去远处谋发展了。

就道德舆论而言，这古朴河边有人为上门郎抱屈，也有人感慨老父亲治家太严。作为个体生命，阳春的选择符合“男大当婚，女大当嫁”这一生命规律。她的出走，看似偶然，实则必然。她的出走隐喻着作者面对传统手工业和现代工业文明时所作的选择，对于主流意识形态引导下发展经济的浪潮，作者已不再固守自己的本土立场。对异域的向往是土家族小说中一个非常典型的母题，这种向往包含着对外域文明强烈的渴望，是土家人现代性诉求中最为直接也最为强烈的一种表达，阳春这

种单向度的“出走”是对文明的向往和追求，是对相对落后和闭塞的传统生活的弃绝。她的“出走”是对“男主外，女主内”这种传统价值观念的挑战，是一次深刻的自我觉醒与认识，是遵循内心意愿的生命律动，饱含着对新知的渴望、对未来的向往。

我们身上同时寓有两种时间：自然的生物的时间与社会的历史的时间。人的发育成长首先是在自然的生物的时间里展开的，这种时间尽管是循环、周期性的，但在个体的机体里，它却不可逆转，它也是匀速的、单调的。但一旦进入人类社会生活，时间会因文化或价值内涵的介入而显出轻重缓急的态势，比如重大历史事件纪念日，比如日常生活中的节庆，以及个体生命中的一系列值得庆贺的时日，就能在匀速的时间流中凸显出来。社会或个体生命中的这一系列庆贺日能否顺畅实现，往往意味着这个社会或个体是否健全或接近圆满[57]。

如果说阳春的“出走”是对爱情和生活深沉思索的结果，是为了将爱情和事业“毕其功于一役”，以便顺利实现自我的生物时间与社会时间的完美统一，那生长在十必恰壳的恰普所面对的情形则要复杂许多。

2. 顺利婚嫁，却喜忧参半，恰普的生活让我们在追求文明的过程中有了更多的反思

孙健忠《舍巴日》中的恰普出嫁前生活在被世人遗忘的巴人部落，这里的男女以采摘和狩猎为生，所有劳动成果都平均分配，私有财产和私有观念尚未形成。部落人除了因天气原因偶尔挨饿、受冻外，未曾有其他烦恼。

在享受了惊喜而又刺激的婚礼仪式之后，恰普顺利过渡成为人妻，作者用魔幻现实主义的手法，以简洁风趣的方式为我们描述了这个古老民族颇为传奇的婚礼仪式。

依照部落的规矩，到了择定的婚期，恰普换上查乞带来的布衣，藏进一个青树洞里。里也派来的十多条壮汉，吹起树皮号一路喧喧嚷嚷冲进十必恰壳。这就是抢亲的古仪。部落的青年男子当然早有准备，一听到喧嚷，就从树林里跳出，装成拦阻的样子，不让客人进山，双方吵吵闹闹，推推搡搡。最后，聪明的里也人终于把恰普找到，抢过去，搁在背上背起就跑，部落人似乎仍不甘心，故意追赶一气，好事的还抄近路，赶在里也人前头，封住小河上的土船。于是又有一番争抢和吵闹。里也人被弄得无法可想，一面苦苦求情，一面拿出事先备下的礼品散客。部落人这才停止拦阻，任新娘由里也人抢去，越过无数道凶山恶水，往一个既遥远又神秘的世界去了[58]。

这“抢亲”的古仪是野蛮时期男权社会用武力获取新娘的一个缩影，当女子作为婚配资源对男性形成竞争态势之时，使用武力是最为直接有效的方式，这是人类社会从野蛮向文明过渡时的产物。随着人类文明的发展，婚姻问题往往涉及性格、人品、相貌、财富、地域文化等多个方面，而不管婚姻的内容怎样演变，这父权时代遗留下来的婚礼形式却以极大的历史惯性被延续下来，并以种种微妙的变体充斥在各个角落。在文化相对封闭和保守的土家族地区，这种“抢亲”的婚礼形式被保留得比较完整。

当恰普怀着对文明世界的向往来到里也，成为老三宝亮的妻子，独眼老蔫的儿媳后，她第一次为一种全新的负面情感所支配——嫉妒。当得知宝亮这个本该属于她独有的男人根本不爱自己，爱的是马蹄街的岩耳之后，她尝到了剧烈的痛苦感受。恰普爱情的失败表明以她为代表的采摘文明已经式微，老三宝亮不顾老父亲频频发出的警告，对“猫记饭铺”时尚能干的老板娘岩耳的感情则隐喻着传统农耕文明已经不可逆转地向商业文明发展。

3. 曲曲折折，回环往复，许小芹的婚礼如家乡的盘山路

在李传峰《十里盘山路》中，许小芹随哥哥嫂子一起生活，长兄如父，长嫂如母，在渐趋好起来的生活形势下，哥哥想把小芹的婚礼办得传统而体面，小芹和王有志两个年轻人却有自己的想法——希望既节俭又新颖。温顺的小芹尽量不去忤逆哥哥的意愿，有志又结婚心切，按照

"抬头嫁姑娘，低头娶媳妇"的古习，有志和父母都尽力顺着小芹哥哥的意见，因此，小夫妻俩的想法在落实的过程中就打了折扣。婚礼当天，双方亲戚朋友和同村乡亲都参与进来，甚至还有有志的情敌，他们期待着热烈的盛宴，同时也等着评说这个盛大仪式可能存在的尴尬与不足。因此，现场气氛在热烈之余又显现出扣人心弦的紧张感来。

传统有它的历史发展惯性，传统从来就不缺乏拥趸者，而年轻人对新形式新思想的感知与认同似乎与生俱来，怎样在各种文化差异面前找到最佳的平衡点，以极尽完美的形式演绎好一生中最大的盛典，是小芹有志面临的共同难题。在古板而迂腐的哥哥面前，在多嘴而讨厌的姨妈婶娘面前，在强大而无形的习惯势利面前，小芹和有志的力量好像不堪一击，团支部的支持和帮助也显得缓慢而无力[59]。

土家姑娘从小就训练有素地学唱"哭嫁歌"，即使是自由恋爱走向婚姻，也需在结婚当天做出一番哭天抢地百般不愿的样子。她们在如泣如诉的啼哭中完成了对父母的感激，对手足的不舍，对媒人的埋怨和对未知未来的憧憬或困惑，婚姻对女子言行德性的规约通过婚礼仪式而被强化，"哭嫁歌"是土家姑娘从少女过渡为人妇的分水岭，在这个分水岭上，她可以尽情宣泄自己的情绪，也必须努力扮演好"女人"这个复杂幽微的角色。

小芹和同龄朋友们在婚礼当日躲避着前来帮忙哭嫁的年长妇女，不满于她们继续传授用近乎荒唐的方式和男人争夺婚后生活的主导权——比如故意用脚去踩丈夫的鞋子，把衣服刻意地放在丈夫的衣服上面，这种顺势巫术的目的直指婚礼之后的漫长生活，以期获得今后生活中的主导地位而不是被男权所压制。

不管个人有着多么坚定的信仰和多么澄澈的唯物主义世界观，贯穿于年轻女性的人生礼仪和日常生活中的种种习俗都不可能因为个体的忽视而就此消失，从小芹的婚礼中我们发现，刻意淡化或变通的婚礼形式依然折射出丰富的文化内容——关于生命个体及其家庭，关于特定地域及民族的历史与现实，一波三折的故事本身则透露出变革时代中不同观念之间的龃龉与碰撞。

20 世纪 80 年代是一个开放的年代，政策引导下谋求经济的迅速发展是其主要时代特征，在文化与学术领域，则呈现为冰封之后的回暖状态，大量外文资料和书籍被译介，让这代学人在科学领域大大拓宽了知识视野。活跃于这一时期的土家族作家们的创作是自觉的，其作品中有顺应主流意识形态影响而形成的亮点，如改革问题，对“文革”的反思问题，但文本中最有生命力和思想性的精神内核依然是其民族精神，民族性让这些作品获得了史诗般的灿烂光辉，在时代文化隐退后它们依然魅力不减。

（二）在互渗互动中渐趋融合的民族文化与时代文化

自人类具有文明以来，圣贤先哲或普通大众都试图通过种种方式来认识自己，认识人类本身，并因此而诞生了人文学科。对自身进行认知并不是一件容易的事情，需要设置一个“他者”作为参照系，在对比中反观自身。

受教育的经历让土家族当代作家们有了与异文化进行交流冲突的可能，通过与异文化的对比冲突，土家族作家们的写作中便有了更多的自省，表现在创作态度上，是一种强烈的身份认同。表现在情感上，是一种民族责任感和归属感。

20 世纪 80 年代土家族作家们在小说中所描写的“外来者”、“异乡人”抑或是因种种原因重新返乡归来的人物，便有了某种符号意义，他们代表着有别于本土文化的外来文化，他们对土家传统文化的好奇与痴迷代表着汉民族文化对土家传统文化持一种开放性的友好态度。这体现了土家族作家们对本民族文化的认同，也暗含着土家族作家们期望本民族文化被外界接纳的渴望。

《母船》里的毛毛是音乐学院的女大学生，一个美丽而知性的汉族姑娘，当她搭乘由九姨掌舵的“母船”时，与白河这一孕育着土家文明的古老河流不期而遇。白河时而激流冲冲，时而娴静如画，过往船夫们的生活同样在平淡中彰显着生命活力与冒险色彩。与白河的邂逅彻底震颤了这个成长于都市的女子，最后，她终于成了白河上漂流着的一分子，掌舵着母船，游走在青山绿水间[60]。

《母船》与《远处的伐木声》所记载的是同一条河流，而毛毛与阳春走的却是截然相对的道路，一个从城市走进白河，一个从家里顺着白河出走。两个年轻女子，两种弃绝从前的生活，都折射出这个变革时代里各人的选择——走向他者，与异文化相拥相执。

《白河》里的知识青年洛杉，放弃了返城的机会，一面教书一面埋头于“得月楼”整理资料，以期对土家族这个古老民族的历史与现实进行梳理与认识——他对土家文化的痴迷可见一斑。

白河孕育着土家人，白河就是土家文化的源头。毛毛、洛杉对白河的痴迷挚爱让人感动，也体现了作者蔡测海希冀本民族独特的文化个性能被他者所认同的深切渴望。

蔡测海早期作品如《远处的伐木声》等，主要是浓墨重彩地描画这个淳朴民族封闭的地理位置、美丽独特的自然风光和相对个性化的生产生活状况。这大山深处的土家山寨，美丽富饶而多情，年轻人却不可抑制地向往着山外的天地，想象着异乡的生活该是怎样的丰富多彩，期望着有朝一日背井离乡再衣锦还乡。

《母船》、《白河》等作品则是蔡测海创作走向成熟的代表，在语言结构和艺术魅力上虽然远远不及前期代表作，但在其中的思想深度和对社会文化的反思却显现出一个开阔境界，使作家的思想情感具备了学者的深度。

（三）结语

人类学家们的实践一类通过田野调查走向民俗学，一类则通过埋头整理史料成为民族志学。美国当代人类学家萨林斯在《甜蜜的悲哀》中曾经反思过人类学这样一个通过研究“他者”而反观自身的独特学科，他批判了传统人类学家们借研究落后地区的经济状况和社会结构来建立整个“西方中心论”的盲目优越感。认为人类学的真正起源应该是西方学者正视现实，确切地说是正视西方世界之外其他民族的生活现实，摒弃传统人类学窠臼，对“他者”文化作客观冷静的考察与描述之时。

同理，我们对土家族文学与文化的发展研究也应该正视主流意识形态之外其真实的存在状况。作为这种真实存在的代言者，土家族作家们为我们提供了难能可贵的原始文本。

落后民族地区对先进地区所带来的先进生产方式和技术的接受是带有风险的，这意味着他们不得不在这种接受过程中同时面对传统与现代这两种不同的伦理、道德、宗教等整个价值体系的冲击和挑战。那么，现代的以价值体系为集中体现的精神文明，是否像物质文明一样飓风般威力无比、所向披靡，足以全力渗透浸淫至土家文化的方方面面呢？事实并不如包括现代学者在内的人们所想象的那样。

受主流意识形态和政策影响，土家族地区对先进的物质生产方式的必然依附性确实存在，但并不因此而完全丧失自己的文化传统，毕竟文化有着相对顽强的传承方式和相对独立的社会价值，具体到民族文化上，民族性就是其相对稳定的精神特质和生命内核。事实上，很多民族都是既文明又坚持传统的，文明与传统不是截然对立的两个方面。以土家族婚俗文化为例，即使是男女平等观念已充分被普及，自由恋爱的男女依然需要做出男子苦苦相求的谦卑状去获得女子及其家庭的认可，“抬头嫁姑娘，低头娶媳妇”的传统是必需的。

初读20世纪80年代土家族小说家们的作品，吸引我的包括作品中所描写的或熟悉或陌生的自然风物与器物文化、那些充满趣味或禁忌的风俗习惯和节庆仪式，那些清新直白夹杂着俚语的语言文辞，以及这些文辞背后所饱含的深挚感情与丰富的思想。这个离我家乡最近的少数民族，在生产生活、节庆风俗上与位于湖北省中部最南端的荆州市公安县如此相似，又饶有趣味地显现出差异与不同。时至今日，反复研读80年代土家族小说家们的作品，结合童年时期的种种记忆和见闻，我再次生动地体会到那个特殊时代的气息。并从我们当下的生产方式、生活节奏中深刻地洞见到土家族文化与汉文化融合后的影响。

当前有些学者用文化进化论这种单线思维方式来考察民族学是不可取的，本文更注重从时间和空间交互作用的动态过程中来对整个土家族的生存状况、生活状况进行思考。毕竟土家族发展史不等于汉化的历史，民族志写作也不等于主流意识形态话语下的应景之作。

人类文化是多样共存的，并因其内容上的丰富性和表象上的差异性而具有与他者展开对话的前提，从而具有无穷无尽的生命力。对异文化的尊重和豁达态度即标示着民族学的起源，才能做到整个人类文化“美人之美，美美与共，天下大同”。

三、土家族民歌在小说创作中的表现与作用

土家族民歌是土家族文化的重要组成部分，无论是茶余饭后的歇息小憩还是婚丧嫁娶等节庆仪式，信口唱起的土家族民歌往往能够贴切地表达土家人的情感与思想，能隐晦地表达当事人的生存遭遇与处境，民歌所蕴含的丰富思想情感内容是土家人生产生活经验的总结，也是土家人智慧的凝结，土家族当代作家们在小说创作中亦善于运用民歌．本章拟以80年代土家族小说作家们如李传锋、蔡测海、孙健忠、胡珂等为例，来分析其作品中大量引用的民歌民谣，揭示出土家族民歌在土家族当代小说中的表现与作用。

以民歌为线索行文，贯穿整个小说文本的脉络。李传锋小说《故乡的小茅屋》以第一人称的方式描写了“我”带妻子与儿子小鹤过年时回乡省亲，不得不面对自己在上大学前用“喝鸡血”的方式“结婚”所生下的

“女儿”的故事。青春年少的“我”和珠儿拜堂后又面临着自己前途命运的一次转折机遇——“上大学”，当“我”大学毕业参加工作娶了城市里年轻姑娘当老婆，并携妻儿还乡时，善良的珠儿已经病逝，只留下一个有着珠儿一样美丽眼睛的小玉。“我”虽然忐忑于自己的妻子会不会接纳这个突然的“继母角色”，但在母亲和兄长的压力之下，在这古风极盛的礼仪之邦，我接纳了自己的女儿小玉，儿子和妻子也很快接纳了她。故事有了一个光明的结局。

一父所生的两个孩子，因出生时间和出身境遇不同，命运截然有别，故事的中心线索即由一首民歌缓缓展开，最初是寒风中飘来的古歌“正月姣姣好看娘，糯米粑粑裹砂糖……”[61]其次是二姐当着“我”的面哼唱“正月姣姣好看娘，糯米粑粑裹砂糖……亲娘住在茅屋里，小小茅屋出凤凰……”[62]最后是妻子儿子接纳小玉之后“我”听到拜年人唱“正月姣姣好看娘，糯米粑粑裹砂糖。亲娘住在茅屋里，小小茅屋出凤凰。凤凰本是鸡的姐，一个鸡蛋两个黄。”[63]

一曲古老的儿歌，一个悲喜交加的故事，相互阐释，并行不悖，这不能不说是一种行文技巧，抑或是，作者在这种古歌的启发之下编撰了一个动人心弦的故事。不言而喻的种种情感，都在古歌的传唱中尽显韵味……

胡珂在《雾山野男女》中描写了一个由斢亲引发的悲剧故事。黑石花和狗宝是一对有世仇却真心相爱的情侣，因不满于母亲和族长以斢亲的方式将自己嫁给彭大蛮，为哥哥向世雄迎娶莲莲，黑石花和狗宝逃婚住进了深山岩洞，过着野人般的生活。黑石花被大蛮三兄弟捉拿后关在家，狗宝营救不得反因开枪获罪不得不以顶替大蛮在金玉蝉寡妇家服役收场，金玉蝉日久生情在一次酒后的缠绵中怀了孕，黑石花也早就有孕在身，两个女人的爱让狗宝既享受又担忧。在一次放排过程中，狗宝救了彭大蛮的命，大蛮已经在内心悄悄决定给黑石花自由成全她和狗宝了，可彭大蛮她妈杠仙娘始终在暗中监视着黑石花和狗宝，终于抓住了狗宝为金玉婵准备打胎药的场面，并借此机会把事情闹大，引得全村人都来观看，杠仙娘按照古老的族规割掉狗宝的一只耳朵，血腥而又残忍，当村长向世雄他们赶来时已经迟了。雾山“野男女”既指狗宝黑石花这一对不为长辈所认同所祝福的“野男女”，更是指雾溪村中因暂时无法婚娶享受合法的性的所有男女，包括数目众多的光棍儿和为数不多的寡妇。他们晨夜叹息，都渴望有一个温暖的家，却无法跨过族权族规的层层障碍，大胆追求自己的幸福。见过世面儿的龚幺和栗花姐在县城的绣花厂里做工，在厂长的祝福下举行了风风光光的婚礼，偶尔回乡，也充当雾山村那些迷惘而躁动着的男女的主心骨，当他俩把城里的美好生活描画给众多光棍儿哥们看时，光棍儿们既羡慕又感叹。有一次在狗宝带领下集体伐木时大家都敞开嗓子唱起来了，这种山歌即兴演唱，有问有答，颇能表达心意。

猫山唱道：“上坡不起慢慢悠，恋姐不到慢慢逗，有终一日逗到手，豆芽炒虾勾连勾”[64]，山标子接着挖苦地唱道：“黄鼠狼想吃天鹅肉，猫三爱上了金寡妇，若被耳胡子发觉了，小心剁你的手杆骨。”[65]之后猫山接着唱道：“光棍汉来光棍郎，月照单身睡孤床，床边没有娃娃味，枕头没有发油香。”[66]山标子肩背藤条接着唱：“光棍苦来苦处多，冬天睡的冷被窝，睡到半夜得一梦，醒来害我满床摸。”[67]接着猫山动了真情地接唱：“摸到枕头抱着坐，泪水只打肚里落，我郎青春空过了，婆娘不知是哪个？”[68]这些词不仅鲜明地表达了人物的个性，而且能够烘托环境和气氛，极富有表现性。这种唱词极大地丰富了文本的内涵和表现力，能够让民歌的隽永和意味深长把小说点缀得精彩。

第四章　出走与改革主题

第二章在论及土家民风民俗时，国家主流话语与民间传统话语之间有过冲突，本章将就这一问题展开更深入的研究，究竟20世纪80年代的土家文化面临着怎样的变化和冲突呢，民族作家又是如何面对这种冲突的，在他们的文字叙述中，透露着怎样复杂而矛盾的心态？

20世纪70年代末，“文化大革命”结束，曾经一度黑白颠倒、混乱不堪的社会生活变成了往事，中国社会进入了一个新的历史时期。80年代，“发展经济”和“改革开放”成为这一时期社会生活的核心内容，现代化建设成为时代的最强音。在这样的背景下，曾历经束缚的文学出现了一片繁荣局面。土家族作家也在这样的文学思潮影响下写过许多作品，新颖的政治视角和独特的乡土题材，成为他们创作成功的铺路石。

在交通信息相对闭塞的土家族聚居地，日复一日的山乡生活单调而又沉闷，对于有志青年们来说，域外文明世界始终是一个不可抵挡的诱惑。他们用大量时间和精力想象现代都市文明，渴望有朝一日，走出山寨，走出自己所在的狭小天地，用勤劳和智慧来换取别样的精彩生活。对于“出走”，他们不仅仅有着热情洋溢的憧憬，更有着行动的决心和勇气——“出走”与“改革”成为他们生活中最重要的主题。

一、“路”意象和“出走”主题

自现代文学以来，文学作品中的“路”意象就与“现代化”这一重大社会主题结下了不解之缘。在鲁迅、郁达夫、叶圣陶等积极于社会启蒙的学者中间，“路”被赋予了超出寻常的丰富内涵，代表着他们自身的生存道路，民族的复兴之路，国家的富强之路。在追求现代化的路途上，一代又一代不甘落后的有识之士从未停止过奋斗和探索。

在细读几位小说家的作品时，可以发现，小说中对域外世界蠢蠢欲动的主人公们总是留给我们一个坚毅笃定的背影，而作者呢，则将那通向域外世界的交通要塞——路(包括陆路和水路)，作着充满诗意的繁复刻画。如：

> 也许是这儿太安静了，远处一个小小的响动，都像打了一个闷雷。
>
> 一切又像睡着了一样，古木河两边的悬崖，像两道栅栏，把天空夹成一条带子，河水在谷底静静地流，下常德，下汉口，到大洋大海去，放排人们也要跟着去看大世界。
>
> 阳春的眼睛，也跟着放排人去了。[69]

阳春日日伴着山乡里的寂静和那严肃沉闷的爹，还有同样严肃沉闷的桥桥，总觉得生活缺少变化，对乡外的生活早就心向往之，当古木河上的来往船只激荡起心灵深处的涟漪时，她那点不安分的情绪，便悄悄蔓延开来了。

又如：

> 阳光下，有一条大道从文化站屋角伸展出来，一头钻进了山林，盘山小路由各个朝代的砖石砌成，就像一根粗大的缆绳从船舷边牵上来，九曲回环，一直系到小芹的脚下。在同一面山上，另有一条新辟的汽车路从垭口落下去，形成若干处回头线。这两条路一宽一窄，纠缠着织成一张稀疏的网，把青山网了起来。[70]

这一段是许小芹出嫁时，走完九曲十八弯的盘山小路后所作的回望。作者在行文中的隐喻和暗示十分明显：小路象征着小芹在出嫁以前，在哥哥嫂子的护佑中所走过的路，而那新辟的汽车路，象征着她今后平坦而又壮阔的人生道路。只要和王有志同心同德，团结好村里的青年人，他们承包的责任田，一定会有好收成。他们的十足干劲和勃勃雄心，将改变村寨里的落后面貌，敲碎村里村外相隔的屏障，把曾经闭塞的土家村寨与域外繁华世界连成一体。

又如：

> 那河叫白河，它的年龄比最老的森林还大，那铁路是刚在地图上标出不久的贯穿我国南北的大动脉，论年纪，它不过是一片新发的绿叶。[71]
>
> 铁路和白河，无限地延长，伸出重峦叠嶂，伸向远方。远方啊远方，神秘的远方，像一个声音，像一束光亮，像飘过山头的一片白云。[72]
>
> 白河在静静地流，两岸是世代和它相伴的青山和炊烟。哦！还有一条结伴不久的铁路，它们一起伸向广袤的世界。[73]

白河，就是酉水，是蔡测海笔下出现过无数次的动人风景，在《一条河流和我的三种情感》这样一篇散文中，作者曾经满怀深情地回忆和赞美过它，它始终是作者心灵的出口，承载着许多的烦恼、忧愁、快乐和欣喜。

白河是土家族区域文化的典型代表，铁路是现代工业文明的标志性符号，当长长的铁轨伸进故乡这一块保守的土地时，大山再也锁不住人们的手脚了，他们那激动和喜悦的心情难以掩饰：

山里的“生物钟”给敲乱了……人们围到车厢旁边，同那些穿蓝衣服的姑娘小伙子们交涉，从高桥头小站坐到隧道口小站，痛快地享受了两毛钱。年轻人中有几个敢冒险的，随着火车去了好远。三天后他们回来了，说起了一个大地方：那儿车子一辆接着一辆的，过马路比过河还难。过河只要把裤子一脱挂在肩上，几步就趟过去了。要过马路呢？那么多车，怎么过？嘿嘿，还有许多新奇事。单说女人的鞋后跟，准有半尺高。黛农把那话学给睽丑老汉听，他想那是踩高跷……[74]

与这些静止的道路相对应，小说中的主人公们用实际行动慰藉着那不安分的心。他们沿着这样的路，义无反顾地出走了，到更为高远的天地中去放飞那五彩斑斓的理想。

《远处的伐木声》写湘西古木河边，老桂木匠懂事而又谨慎的女儿阳春，出乎意料地抛下父亲和未婚夫桥桥，出走了的故事。老桂木匠为人实在，手艺精湛，掌着五尺斗墨，四处替人修屋盖房，有一个非常好的口碑和名声。他的徒弟桥桥，其实也该到了出师的火候了，只是做师傅的不肯放手，非要等到自己老得无力应付时才肯放手那把五尺。“修成庙来鬼也老”，正值二十多岁韶华的阳春，不愿意桥桥这么着跟父亲一块熬下去，却又难以说服严肃古板的父亲和憨厚老实的桥桥。对桥桥几次怂恿失败之后，阳春跟着水生——那会修大水库大瓦房、曾被逐出父亲师门的师兄，去远处谋发展了。

阳春的出走看似偶然，其实必然。她的出走代表着作者面对区域传统文明和现代都市文明时所作的选择，对于轰轰烈烈的“现代化”浪潮，作者已不再固守自己的本土立场。

《远处的伐木声》获 1982 年全国优秀短篇小说奖及全国第二届少数民族文学创作荣誉奖，被收入《中国新文学大系·少数民族文学集》，美国《国际优秀小说选》曾予转载。在《〈远处的伐木声〉琐谈》中，蔡测海曾提到自己的创作感想和动机："写这篇东西，只是寄托一种愿望……若让我再次去回顾写作这篇小说时的动机和在这一万多字里渗透的情感来，那就是：我憎恶一切禁锢人类灵魂的枷锁，或讨厌苟且的庸俗的生活和奴才性格。我甚至想，当初人类并不是欢呼着走出森林的，有的是一步三回头，有的还痛哭过，有的还拽住已经走出森林的那些同胞的尾巴。但是，也就有挣断了尾巴的勇士，走到新天地里来了。至于我，在人类大进军的行列中，不能是号手，我只是轻轻地吹奏着牧笛，给人们添些欢乐，减少些疲倦。"[75]

在蔡测海书信体小说《北去的流水》中，作者就直接将自己想象成一个弹花匠，他依赖顽强的毅力和执着的信念，走遍了祖国的大江南北，他的激情和斗志伴随着前行的脚步，永远昂扬。这样一个被放大了的"出走"主题所包含的艺术魅力和思想力量是感人至深的。

在"出走"主题的小说中，对域外现代文明的积极肯定往往与对本土落后思维方式的批判联系在一起。孙健忠的《回光》中，牛保父亲在豆油灯旁失望地死去，那个他当年打溪洲得来的战利品——一个带着半截塑料皮电线的电灯泡，依然一动不动地悬在房间正中，没有因这个敦厚老汉多年的虔诚祈盼而发出令人惬意的光芒。牛保在父亲的鼓舞下去打溪洲——被那个见过世面的冬罗安排着，每日每夜驻守在河边沙滩上洗沙子。牛保及同乡们虽觉单调，但那个打溪洲的伟大意念却一直顽强地支撑着他们，父辈曾经的壮举常常赋予他们莫大的精神力量。明明是行淘金之事，作者却按照牛保他们的见识和判断，把这河边"为打溪洲作准备"的故事描写得有声有色，迟迟不肯点破。主人公思想语言与事实情况的严重乖离，构成了小说的张力，形成一种强烈的反讽效果，凸显了牛保父子两代人生活的沉寂——在他们生活着的这个不知名的村落里，时间如静止一般，让人如何不向往"出走"呢？

结尾处那一片艳丽辉煌、蔚为壮观的灯海，是作者孙健忠安排的光明结局，牛保他们这一代，一定会沿着父亲当年闯荡溪洲的路，执着地走下去。

二、对“改革”主题的严肃思考

当改革之风吹向祖国各地时，20世纪80年代的土家族作家们便开始了积极的回应和探索，他们通过文学作品记录着家乡的改革和变化——公共设施的集体改造、生产方式甚或生存方式的大胆变更，人们思想观念的更新……受传统宗法制度禁锢太深的土家人和土家族地区，正迫切需要现代化的洗礼。

孙健忠的长篇小说《醉乡》，反映的正是土家山寨里的改革生活。《醉乡》中的改革——仅仅是矮子贵二买下了村寨里的一处水碾，对本地出产的苞谷、油菜进行加工，相比城市里的工厂体制改革、技术革新来说，是微不足道的，但这种“小型改革”能以小见大，从中反映出时代的脉动，也符合土家地区的现实，具有真实性。

小说的特别之处还在于展示改革中土家村寨里人际关系的复杂变化和土家人总体的精神风貌。小说中“改革”最大的亮点有两个，一是生产方式的变革和物质生活水平的提高；二是主人公贵二新式人格的形成。

改革前的那一段时期，村子里多数人家都只能紧巴巴过日子，像玉杉这样的孤儿寡母，更是成天价为油盐柴米发愁，只有天九和大狗算是村子里的头号人物，衣食无忧。天九是保管员，家里劳力又多，生活条件在当地还是不错的。大狗则是非常时期里的非常人物，他本身是一个不事稼穑的流氓无产者，在“极左”路线得势时期，他是村子里的“治安员”，专做一些偷鸡摸狗的勾当，气焰极为嚣张，人们也奈何他不得，因而送给他“大狗书记”这样一个半带尊敬半带讽刺的绰号。大狗在村子里横行霸道，为非作歹，打贵二像打狗一样，根本不把贵二放在眼里。胆小老实的贵二买了一个闹钟却被大狗污蔑为“弄来一颗定时炸弹要炸死生产队的干部”，被定为阶级敌人之后，贵二被迫离开故乡，在都市里过着居无定所的浪荡生活。

改革开放之后，贵二回到家乡，凭借漂泊期间所得到的见识，他决定不要田土，也不要乔保大叔的渡船，而是用辛苦积攒的钱承包下村子里闲置的水碾来磨面。他的生意越做越红火，后来扩大到炸油开油坊、粉坊。

贵二的成功离不开公社彭书记、善良的乔保大叔帮助，也离不开青梅竹马的玉杉和哥们儿大猫头的支持。当他体味到事业有成的喜悦之时，他也体味到了爱情和友谊带来的快乐，得到了乡亲们的认可和赞许。他受到香草的诱惑和要挟与她结了婚，香草却与前夫大狗明勾暗连，婚姻受挫一度使他陷入了绝望和痛苦之中，可最后，他还是凭借自己的力量彻底打败了大狗。

在谋生的过程中，商品经济观念取代了自然经济观念，矮子贵二的思想意识变化反映了土家山民在改革过程中商品意识逐渐强化的历史趋势。

从生活的真实中提取人物和故事，并与现实生活同步前进，是《醉乡》艺术上的一个重要特点，也是孙健忠前期创作的一贯风格，在《文学与乡土》这篇创作谈中，他曾经这样表述过自己对写实风格的追求：“我给自己规定了一个信条：完全忠实于生活。生活是个什么样子，就写什么样的作品。尽可能用精确的毫不夸张的笔墨，写出自己深刻感受到的真实。想象的翅膀只有在生活的空气里才能搏动。生活里没有的、不可能有的东西，我无权去杜撰和想象。当然，我也绝不排斥革命理想主义的精神。我努力按照生活的本来面目创作出像生活那样真实的作品，尽可能提供给读者一幅真实的图画，一个真实的世界。”[76]

除直接表现“改革”主题的作品之外，间接表现改革生活的作品还有很多。《舍巴日》中的宝光、宝明，《今天的太阳》中的黛农，《烟姐儿》中的烟姐儿，《十八里盘山路》中的许小芹、王有志，都是改革的先锋，民族的希望。有改革就有阻力，在所有这些改革的队伍中，他们与保守的父辈之间总是存在着难以调和的矛盾，改革的路，漫长而又艰辛。

李传锋在《定风草》中，还特意安排了百枝和父亲的对比，以此揭露改革开放后，一些人趁政策不够完善而钻空子、投机倒把的不正之风。百枝依靠科学技术种植天麻，父亲田福卿则从江湖贩子手上买得造假的办法，在家里炮制假天麻，父子俩形成鲜明的对照。后来，田福卿用儿子种植的天麻治好了中风的病，那做贼心虚的心病也好了起来，他决计痛改前非，不再投机。

第五章　伤痕、反思、寻根文学

20 世纪 80 年代相对宽松的政治环境为文学创作提供了自由成长的土壤，借着伤痕、反思、寻根的思潮，文学通过自身的表白和述说，将国人曾经受伤的心逐渐熨平。土家族作家也积极通过自己的创作与主流文学思潮保持着密切的交流和对话，体现了知识分子所特有的敏锐。

独特的乡土题材与宏大的社会生活语境相结合，构成了当代土家族小说的艺术魅力。本章将进一步深入探讨，土家族当代小说家们在本土意识和国家主流话语之间，对小说艺术之张力的塑造和营构。

一、展示伤痕

孙健忠的《甜甜的刺莓》中，竹妹和三牛曾有过短暂而美好的爱情。出身是"黑五类子弟"的三牛，赢得了年轻俊美、根正苗红的竹妹的心，他的激动之中却包含着些许羞赧、胆怯和小心，有三分的幸福和甜蜜，却又有七分担忧和难以置信。

> 已经到了懂得爱一个人、同时也需要一个人来爱的年岁了，当他察觉到竹妹对她好像有那么一点意思的时候，他却惊惶极了，害怕极了。哪里会呢？一个出身很好、长得又乖的女共青团员，会爱上一个像他这样的人吗？[77]

当竹妹经向塔山的胁迫和诱导，坚决提出跟三牛分手之后，他的伤口更是雪上加霜，疼痛得难以忍受，只得将自己所经历的痛楚，所承受下来的不该承受的委屈，统统地倾诉出来，获得继续生活下去的勇气与决心。

> 今天，他终究被痛苦压倒了。他一早就背个竹背篼，拿把柴刀，先爬上后山，然后悄悄地(不让任何一个人发现)绕到打鼓坡脚。阿爸就埋在这里。每年清明节，他既不敢来给阿爸烧点香纸，又不敢来把阿爸坟上的草薅一薅。阿爸算什么人？如果别人晓得他还在挂牵阿爸，那又如何得了？现在他不顾了。他扑在乱草蓬蓬的坟堆上，敞起喉咙哭，恨不得把一肚子苦事都哭出来……[78]

父亲受冤屈而死，他不能祭拜尽孝，还得继续背黑锅。政治大环境对个人所造成的伤害，残酷而有力，将个体生命的价值贬低到了无以复加的程度。人文精神的普遍失落，正是那个年代的缩影。

《母爱》(孙健忠)讲述的是一个“文革”时期指鹿为马、黑白颠倒的故事。四人帮横行霸道，乱扣帽子，乱定罪，把革命功臣定为反革命，小叶子的母亲和外婆因坚持说真话，说直话，维护贺龙将军的声誉和清白，就受到当地某些人的报复和打击。好端端一个温暖的家被弄得妻离子散，给儿童幼小的心灵留下了极大的刺激和创伤。

《乡愁》(孙健忠)中的“她”，不顾流言，不顾遭受报复的危险，用自己的仁爱和善良拯救了一个年轻大学生的生命。当她盼望已久的丈夫终于回到自己身边时，这两个男人，为“保护伟大领袖毛主席”，各自坚持自己的理论而把对方攻击为反革命，最后他们互相射杀而死，留下了无辜的她——承受着她用爱和真诚换来的悲痛。

二、政治反思

在反思文学中，孙健忠刻画了很多具有反讽意味的“模范”人物形象，他们往往不知道自己为什么就带上了红花，当上了模范，成天价受到大人物的接见，百思不得其解。如《啊，月亮》中的月亮姑娘，《彭老三趣事》中的彭老三，《心结》中的苦竹，他们自身的迷惑或者调侃让政治谎言不攻自破，颠覆着曾经坚固如今却早已溃不成军的政治律令。

《啊，月亮》讲述的是泥脚寨生产队长王来顺和恋人月亮姑娘的曲折故事。公社雪晶书记为了树立正面典型，一下子瞅准了正忙碌着“姑娘田”的妇女大队长月亮，将两个恋人在生产中的小争执拿来上纲上线，把来顺定罪为“破坏农业学大寨，是‘四人帮’在泥脚寨的黑爪牙”，还办了他的学习班。月亮姑娘则一下子被捧上了天——好端端一对青梅竹马的恋人变成了仇人似的。后来月亮升了官，泥脚寨的饥馑却让她悟到自己是刻意被人一手塑造出来的。

> 我怎么当上州常委的？就因为要搞老中青三结合，要培养革命接班人，要找一个女的，年轻的女的……他们找到我了，有一个配相的了，好向上级作交代了。他们为什么找到我呢？因为我靠‘姑娘田’出了名，当了模范。[79]

两人最终在月亮的真诚表白下重归于好。

《彭老三趣事》反映了当时农村干部体制的不合理——管生产的不懂生产，懂生产的没有指挥权，具有戏剧性和讽刺性。田大喇叭按照上级要求，命令农民全部栽种 3×5 寸距离的秧苗，明知荒谬的生产队负责人彭老三只得号召大伙明中服从，暗中返工，把秧距改种为 6×5 寸。到丰收时彭老三受到了表彰，他说出的真相不免让人在哄笑过后陷入严肃的思索。

……

《留在记忆里的故事》中，60多岁的瞎眼老头来顺阿公，克服了自己对孙女的疼爱和不舍，忍受着生理障碍带来的生活不便，通情达理地放手让唯一的亲人——孙女去修大水库。末了，正值花季年龄的孙女却一去不复返。当来顺阿公一路跋涉赶到工地找孙女时，只找到孙女的孤坟——她在大跃进"放卫星"时受伤死了。而那段龙山水库，工程完工后，并不能投入使用，成了一座"干库"。孙女修成水库的梦想没有实现，她为大跃进作出的是无谓的牺牲。

小说主旨在于揭示大跃进时期违背经济规律搞建设的"左倾"错误，批判这一错误路线所造成的劳民伤财、得不偿失的后果。在构思上，作者避重就轻只从祖孙二人浓浓的亲情入手进行布局谋篇，起到了以小见大的作用。

三、文化寻根

自湘籍作家韩少功打出"寻根"的旗号之后，很多作家，特别是少数民族作家，纷纷作出回应，将视线更为专注地投入到自己的本土文化中来。

受寻根文学的影响，从《醉乡》以后的《舍巴日》开始，孙健忠的创作风格又有了明显的发展，在坚持现实主义精神的同时，加进了魔幻现实主义的技巧和神话色彩。这一时期孙健忠的小说，题材多取自自己民族的种种神话传说和宗教仪式，尽管这些曾在他以前的作品中出现过，但在这一时期的探索之中，明显占据着极大的篇幅，甚至推动着情节的发展。

当代文学批评家陈晓明在《表意的焦虑》中曾如是分析过"寻根"作家们的心理："实际上，被称之为'寻根派'的文化群体，其'寻根'的动机各异，效果也不尽相同，相当多的人，则是去寻找一种美学风格。那些‘文化之根’其实转化为叙事风格和审美效果，一个文学讲述的历史神话结果变成文学本身的神话。一个关于文学创新的美学动机，被改造为重建历史的冲动之后，结果再回到文学本身……文化的意义最终呈现为审美效果，它实际完成了一次文学观念和审美风格的变异。寻根文学还创造了一种新型的文学经验，并且群体效应并没有淹没个人化的风格。”[80]

从题材的选取到创作手法上对小说美学意义的主动探索无疑标志着一个民族作家的进步。这同时也意味着屈原所创的楚骚传统对后世文学所产生的巨大原动力。

在土家族所居住的这一块巴山楚水孕育多时的地方，曾诞生过《楚辞》、《离骚》这样的伟大作品，刘勰在《文心雕龙·辨骚》篇中曾盛赞《离骚》云："奇文郁起，其离骚哉!”又感叹："而楚人之多才乎!”土家族小说家所创作的寻根文学正是作者之多才与楚地之灵韵完美结合的典范。

孙健忠《猖鬼·猖鬼》中，已到青春萌动、迫近懂事年龄的甜儿，被一支偶尔闯入耳边的船歌所吸引，爱上了那未曾谋面的年轻歌手，即大牛头所说的“猖鬼”——“专门唱骚歌勾引女孩子的。他唱的歌，女孩儿最听不得。他可以偷走你的心，让你变成一棵空心树。”[81]甜儿已然被那歌手迷住了，在心里默默地算计着船夫从上水、下游经过这里的日期，在每个可能听到船歌的夜里守候着那极高亢、大胆和骚情的歌儿。她曾误以为歌手落水而哭泣，又以为“他”被大牛头的油杆子火枪所杀，好几日竟不吃不睡，如入梦魇一般。这个亦可称养父亦可称兄长的大牛头，眼见着几次三番的诱导、恫吓和阻止，都改变不了甜儿的心意，便请法师给甜儿驱鬼，行成人礼，最后将甜儿远嫁了事……“大王大拐大摇摇……”的船歌并没有被扼杀，依然在大河的夜里荡起，只是甜儿那温婉、剔透、贞洁的心，那年轻的船夫永远也无从知道了。

在《舍巴日》里，文明与落后，开化与蒙昧之间的矛盾冲突势不可挡。十必恰壳、里也、马蹄街这三个地方分别代表着不同的生产力水平和经济形态。

尽管小说的寓意明显，作者还是通过直白的感叹表达其主旨：

> 老三宝亮的屈服，使掐普能够看到一个多么新鲜的世界。从十必掐壳（小野兽和大森林）出发，走到啊撮（岩洞住屋），又走到麦岔（好晴天啊），最后终于抵达了目的地——里也（可耕种的土地）。她当然还不明白，这原是一个民族所走过的路。同样一条路，这个民族走了几千年，而她只走了几十天。[83]

《死街》中，作者孙健忠对民族文化中落后一面的揭露和批判可谓惊天动地、触目惊心。

窝坨街是一个乡镇毗邻处的所在，街道的陈旧、泥泞和颓废，与窝坨街人的朴实、愚昧、落后形成相互衬托和比照。窝坨街这“一天”的漫长足以抵得上数年的时间，街人除了为谋生付出必需的劳作之外，其他时间便无所事事，只有抬头望天，抑或是观察蚂蚁，抑或是坏着好奇而兴奋的心情搬弄是非，打探着新鲜事儿。

> “看到了什么吗?”
>
> “没有。”
>
> “什么也没有看到吗?”
>
> “没有。”

类似看天时的无聊对话在大小乞丐及其他窝坨街人的口中出现过无数次。

窝坨街的死寂令人窒息，人们迫切地期望生活出现点什么变化，哪怕是战争也好，“为什么不打到我们这儿来呢？能听到枪炮响，再看看打仗的场面，是几多有味呀！”[84]对战争的残酷与恐怖都不作计较，只是热切地盼望它为自己的生活带来一点变化，这种焦灼的盼望更见出窝坨街人生活的单调与凄凉。

后来，战争真的来到了，给小镇和窝坨街带来了繁荣。一刹那，镇上拱出了许多使本地人开眼的商号、蜜货店、毛笔店……甚至开了一家名叫“人人美”的照相馆。死寂的窝坨街自救无路，却依赖战争的间接影响形成了短暂的繁荣，这种强烈的反讽，让人悲哀。

窝坨街里发生着许多诡异离奇的事情，某个白天长的跟好几年似的，某个夜晚长的把所有可以用来点灯的油用光了却还不见天亮，一对金鸭子的几次出现和逃遁，木子家的一双儿女才生下来就迅速发育成青少年的模样，甚至六二嫂恢复青春，老寡妇死而复生……种种怪诞的表述无不渲染着窝坨街的陈腐气息。

小说中被五召恭恭敬敬供养着的神，徒有神秘的姿态，不曾给过窝坨街人任何一点恩惠。直到有一次不得不去给一户人家治病时，竟先后治死了病人夫妇。最后，这位吃过不少窝坨街人俸禄的“菩萨”终于逃之大吉。

为了拯救窝坨街，让它从一连串的倒霉、晦气事情中解脱出来，人们协同庙里的两个尼姑进行了大放生，青蛙放到田塍上，野鸡鸭放山岭，鱼儿放到小溪里……只可惜那些鱼儿，一个不漏地被龙朗在下游所布的渔网网住，成了他数日之内的鲜美菜肴。一面是对神的虔诚祈祷，一面是为现世享乐而进行的直接破坏，这期间的矛盾构成了小说情节上的巨大张力，形成的对比效果足以颠覆窝坨街人可怜的信仰。

小说中时间的错位和生死的不断转换交替是民族文化一种强劲生命力的隐喻，作者对民族文化中落后、陈旧的一面是给予批判的，题记中的一段话不但表现了他对本民族的批判立场，更代表了他对整个人类行为的审视与批判：“莫良卡梯，我们共同的祖先，你能否给我们一种权利，让我们来审判这个民族！不，我们应审判人类！”

小　　结

从20世纪80年代文学的总体发展上来看，文学在历经“文革”十年强大的政治话语压力之后，有了一个比较宽松的生存环境，受国外学术气氛和大量译著的影响，文学自身的美学特质得到了充分的张扬。但同时，由于文化政策、文化体制及作家心理习惯使然，文学对主流文化和国家主体意识形态的趋附并没有彻底改变，很多文学作品仍摆脱不了主题先行、相互模仿的传统文学模式。在对“现代性”的追寻过程中，对现实政治生活绝对肯定的叙述立场使作者的视线受到限制，没有充分发挥出作家作为创作主体的能动性与创造性，作品中的题材、人物形象也比较单一，不够立体。从20世纪80年代初揭露“文革”给人们带来心理创伤的伤痕文学，到过后的反思文学、改革文学，以及中国传统宗法制度、乡土观念与全球化思潮相互冲击而产生的“寻根”文学，都有通过文学文本的建构实现意识形态目标的“工具化”倾向。

这一时期土家族小说创作的空前繁荣顺应了文学发展的潮流，体现了一定的政治意义和文化内涵，引起了人们的关注和重视。但是，土家族作家们多选取乡土题材进行创作，视野仍不够开阔。

在创作技巧上，孙健忠等作家所作出的种种尝试和探索，具有创新性，也取得了一定的地位和价值。但总体来看，土家族小说家们仍然难以摆脱沈从文和周立波等老一辈乡土作家创造的文学模式，他们今后的创作，还有非常艰难的路要走。

20世纪80年代的土家族小说创作记录了一个激情昂扬的时代，记录了土家人在这一变革时代中所经历的种种困惑、焦虑和欣喜，他们已经成为文学史上重要的一页，振奋着整个民族的未来。

土家族文学孕育在土家族文化当中，是土家族文化的典型表现之一，土家族文化既包含着浓郁的民族风情，是少数民族文化的一部分，又具有鲜明的地域色彩，属于巴楚文化。从土家族由远及近的典章制度、生活方式、民俗风情、神话传说、歌舞艺术等诸多方面来剖析土家文化，有助于我们更好地了解土家族文学与文化，从而更好地界定土家族文学艺术在整个土家文化中的作用。

下　编

第六章　土家族土司制度与文化

土家族的发展历史大致可分为以下四个历史时期：第一是传说时代或史前时代。上限是远古，下限应是廪君称君夷城的完成。主要是长期流传于土家族人民中的神话、长篇叙事古诗，诸如《佘氏婆婆》、《洪水滔天歌》、《梯玛歌·开天辟地》等，其叙述天地起源、人类创生、万物生存等。第二是文明时代或奴隶时代。约五千年前，土家族进入了奴隶社会。奴隶制度的彻底被摧毁应以改土归流为标志。这一时期土家族文化呈现为民间文化与文人文化交互辉映的情形。第三是中世纪即封建时代。这主要指改土归流至辛亥革命时代。这一时期的土家族文化有鲜明的功利主义倾向。第四是近现代时期，从辛亥革命到 1949 年是近代，其主题是反帝反封建反官僚资本主义。1949 年以后属于现代阶段。土家族土司制度跨越了土家族发展的多个历史时期，具有较为深远的影响。

一、土家族土司制度简史

土家族土司制度渊源可追溯至远古。《来凤县志·土司志》总考说，“盘古以来，虞之有苗，商之鬼方，汉之西南夷，介居杂处于五溪六诏之间，保有疆土，自相君长。视王朝德政之盛衰，兵力之强弱，以为叛附，由来久矣。自庄蹻王滇，而秦开五尺道，为置吏之始；及汉设都尉县属，令自保就，为置郡县之始；唐初，溪洞蛮酋归顺者，世授刺史，置羁縻州县，隶于都督府，为授世职之始。宋参唐制，析其种落大者为州，小者为县，又小者为洞，其酋皆世袭。宋室既微，诸司擅治其土，遍设官吏，尽布籍属，咸福自恣肆矣。元置军民府土州，土县，设官如府、州、县，其法略备，前明踵元，故事更与约束。

这段文字大致可以推测出土司制度形成的线索，从三代时的“介居杂处于五溪六诏之间”、“自相君长”的土著部落，到秦时“置吏”，汉“设都尉县属”，唐之羁縻州县，元之土州土县，经元明清三朝，形成土司制度。

“自相君长”的土著部落包括廪君蛮、板盾蛮、巴蛮和乌蛮，其中廪君蛮的学说较为流行。

廪君蛮为古代巴人的一支，廪君姓巴名务相，廪君蛮的生活区域初为鄂西，后渐向川东、湘西北发展，巴氏势力得以不断发展壮大。以“巴方”之名见于史册。

巴与中央王朝接触较早。夏禹会盟时，巴在其中，“禹会诸侯于会稽，执玉帛者万国，巴蜀与焉”[85]，帝启八年，曾遣“使孟涂如巴”[86]，表明夏时对巴已有所重视。商代，巴的势力日渐强大，可能对中央王朝构成了一定威胁，故甲骨文上有商伐巴方的记载，如“辛味卜，争，贞妇好其从讪盾戈伐巴方”。[87]周的建立，更有巴的功绩，“武王伐纣，实得巴蜀之师”[88]，“巴师勇锐，歌舞以凌殷人，前徒倒戈”[89]。巴因在克殷战争中“勇锐”而著于史册。殷灭，周即“以其宗姬封于巴，爵之以事”[90]，足见周对巴的重视，而巴也因之得以立国。

(一)郡县制的建立与“羁縻”政策

秦统一全国后，在今土家族地区设立了巴郡、南郡、黔中郡。传统的土著部落先后被纳入全国统一的行政区域内。汉代沿袭秦朝的制度，保留了秦时的南郡，改黔中郡为武陵郡，东汉继续沿用。三国以后，由于社会动荡、朝代更迭，这一地区先后大致有过建平郡、宜都郡、天门郡、武陵郡、涪陵郡、施州、澧州、清江郡、辰州、黔安郡等建制。受郡县设置的影响，以胡之号为部落名称的土著见之于史载日渐减少，而代之以区域性的称呼，如武陵蛮、溇中蛮、涪陵蛮、巫蛮、五溪蛮、建平蛮、巴建蛮、黔阳蛮、澧州蛮、酉溪蛮等。土著部落首领的影响并未随名称的改变而变小，从秦以来，各部落首领受中央王朝册封委任后，由于累代世袭，形成了地方上的强宗大姓，如向姓、覃姓、田姓等。

封建王朝对这些强宗大姓主要采取安抚的“羁縻”政策，不仅承认其势力范围，还在此基础上加官晋爵。如在边郡任命土著部落首领为“王”、“侯”或“蛮夷君长”，准其用本民族的习俗对当地进行治理，对边郡诸族实行赋税优惠或无赋税政策，以示恩宠。

（二）强宗大姓与中央王朝的斗争

羁縻政策的实行让土著部落与边郡比中央其他地方所纳赋税要低得多，但对于边郡来说，这依然是一笔不小的经济负担，出于生存的需要，由强宗大姓所领导的羁縻州郡往往采取或顺从或反抗的态度。

汉代至隋朝，土家人民反抗封建王朝的斗争一直都存在，虽然往往以失败告终，但也迫使封建王朝不得不一再调整对土家地区的统治，采取较为和缓的政策，而强宗大姓在这些起义中，也日渐发展了自己的势力。隋统一全国时，已形成了武陵地区“冉氏、向氏、田氏者，陬落尤盛。余则大者万家、小者千户，更相崇树，僭称王侯”[91]的局面。

（三）唐宋时期的羁縻州制的推行

唐代较秦汉采取了更为开明的边疆政策，用羁縻州这种制度取代了秦汉以来土流并置的“边郡”制度。在开元年间，仅土家族地区的大小羁縻州就达到百余个。五代时期和宋朝继续推行羁縻州制。羁縻州的疆域往往以某一大姓所形成的自然区域来确定，这一区域可化为一州也可划为数州，其地域较边郡要小得多。被授官职的羁縻州首领往往由子弟世袭，但需得到朝廷的认可，朝廷常用升迁或调离的办法来防止土酋的势力过大。朝廷不直接向羁縻州的居民征收固定赋税，但各州首领要定期向朝廷纳贡。羁縻州可保留有兵马，朝廷在需要之时常常征调土兵出征。

（四）土司制的沿革及地域分布

全国范围内的土司制度是从元朝开始的。而土家族地区的土司制度可从各大姓酋长确立了自己的统治开始算起，从五代至宋朝，已经粗具规模。元朝在此基础上对土司官制、等级及与中央王朝关系等作了进一步的补充与修改，完善了土司制度。明代是土司制度最强盛的时期，清代“改土归流”，土司制度终结。

土家族土司的地域分布，大致可划为湘西、鄂西、川东、黔东北四大自然区域。共有宣慰司八，宣抚司四，安抚司十二，长官司四十三。[92]

永顺土司的地理区域相当于今湖南龙山、永顺、古丈县地。设有永顺宣慰司，永顺宣慰司属三州包括南渭州、施溶州、上溪州。

永顺宣慰司属六洞长官司，包括腊惹洞、麦着黄洞、驴迟洞、施溶溪洞、白岩洞、田家洞。

保靖土司地域为今保靖、花垣及凤凰、龙山部分地区，有一宣慰使司即保靖宣慰使司、三长官司即两江口长官司、五寨长官司、筸子坪长官司。另还有桑植宣慰司、柿溪宣慰司和上峒长官司、下峒长官司、茅冈安抚司和慈利安抚司。

容美土司所在地为今湖北五峰土家族自治县、鹤峰县的大部及长阳土家族自治县、巴东、建始、恩施等县市。设有容美宣慰司，容美司属四长官司：椒山玛瑙长官司、五峰石宝长官司、石梁下峒长官司、水浕源通塔坪长官司，容美其他长官司有长茅长官司、盘顺长官司、上爱茶峒、下爱茶峒长官司。

施南土司大致相当于今鄂西土家族苗族自治州地，设有施南宣抚司，施南宣抚所属四安抚司即东乡五路安抚司(有长官司三，蛮夷长官司二即摇把峒长官司、上爱茶峒、下爱茶峒长官司、镇远蛮夷长官司、隆奉蛮夷长官司)、忠路安抚司、忠孝安抚司、金峒安抚司。

散毛宣抚司包括龙潭安抚司和大旺安抚司，散毛司属五长官司包括东流、腊壁、卯洞、漫水、百户五司。

忠建宣抚司包括忠峒安抚司、高罗安抚司。

施南地区其他土司有唐崖土司、沙溪上司、镇南土司。

酉阳土司辖地大致为今四川酉阳、秀山县地，司治酉阳县城。设有酉阳宣慰司和邑梅、平茶、石耶、地坝四长官司。

石砫土司，辖地相当于今四川石柱土家族自治县境地(只有一个宣慰司建制)。

思州土司的辖地东至湖南保靖、永顺，西迄贵州务川、凤岗、石阡、施秉，北抵四川酉阳、彭水，南达贵州榕江、荔波等处。地域广阔，含多个少数民族。与土家族有关的少数民族有思南、思州宣慰司。

思南四长官司包括水德江长官司、蛮夷长官司、沿河祐溪长官司、朗溪长官司。

二、土司时期的文化

土司制度是土家族发展历史上的一个重要阶段和影响因素，对土家族文化的形成有着巨大的影响。土司制度的实行本身是处于封建统治者维护统治的需要，因此，土司制度不仅在政治经济上标志着土民对封建王朝的臣服，在文化上，统治者也利用它强化自己的统治。具体办法包括设立学校，纳土民入学，因此而产生了大量土家族文人文学。土家族文化中以诗歌最为著名。容美土家族自文子寿始开诗派后，就世代相传，历久不衰，到田九龄后，土家族诗人辈出不穷。其中比较著名的就有田园、田楚产、田甘霖，田既霖、田沛霖、田泰斗、田舜年、张之纲等人。著述亦不时出现，如田元著有《金潭吟意草笔草》，田甘霖著有《敬简堂集》，田舜年著有《白虎堂诗文集》、《清江纪行》、《欢余吟》、《许田射猎传奇》，张之纲等著有《紫芝亭诗集》等。张之纲兄弟人人皆好文，自立诗社，与其他诗友相唱和。从散见于有关史志中尚存下来的一百多首容美诗歌中，可以看出这些诗著，题材多样，有绝句、律诗、歌行和词各种格律，写作技巧具有很高的水平，尤其是以七言绝句为形式的《竹枝词》，最富有土家族民歌的风格和浓厚的乡土气息。其内容丰富多彩，有描绘土家族地区的山川景物，有反映土家族的风俗习惯和青年男女的爱情生活，也有的抨击中央王朝内部互相倾轧、腐败不堪和揭露统治阶级的残酷剥削。大多数诗人都能从不同的角度，用不同的形式反映人民的生活情况，大胆地表达土民的思想感情和要求。[93]

三、改土归流

从元代开始的土司制度，到清代雍正年间已经历四百多年的历史，土司对人民的残暴统治和残酷剥削集齐了广大土民的不满，改土归流为民心所向。土司内部的征战和仇杀给土民带来了灾难。

“改土归流”是将“以蛮治蛮”的政策改变为由中央王朝统一治理边疆及少数民族地区。经过清代顺治、康熙、雍正三朝的大力经营后，国家得以统一、政权趋于稳定，国力日益增强。正是在这种背景下，清王朝便开始在西南内地大规模废除割据一方的土司，改任流官，建立起清王朝的直接统治。

土家族地区的改土归流是在全国改土归流运动中开展的，与其他少数民族地区改土归流相比，有自己的显著特点。一是大规模改流时间比较晚，但延续时间较长，土家族地区的改土归流到雍正五年即公元1727年才开始，到雍正十三年即1735年大部分结束，到乾隆二十七年即1762年才彻底结束。因此，与其他少数民族相比较晚。二是改土归流的方式多为和平的，没有发生大规模的战争。三是改土归流比较彻底。

改土归流后土家族地区的政治、经济、文化发生了很大的变化。一是建立了全国统一的政治机构。世袭土官被政府委派的流官所代替，由土司任免官吏，征收赋税，改为由清政府直接任免官吏，与汉族地区一样推行全国统一的赋税制度，并设立了与全国一致的地方政权机构——府县组织。二是地主经济迅速发展。伴随着土司制度的废除，封建领主经济随之解体，随之而来的是地主经济的迅速发展。改设流官前，土司几乎占有了全部的田土，是土家族地区的最大封建领主。改土归流后，清政府将土司的原有土地，仅留一部分给土司和下属官作为“赐地”，使这些土司失去了领主地位，变成了地主，其他部分或没收入官，作为“官庄田”；或分给土民耕种。农民耕种和开垦的田地，只要每年向清政府缴纳“秋粮钱”，就为自己所有。对地主的田地，不论是祖业遗产或是新近购置，不论是招佃开垦或是改流后分占的，只要将田地的价值和数量承报，官府即发给执照，使其受到保护。三是促进了社会生产的发展。土司制度的废除，改变了封建领主制的土地关系和土民的人身依附关系，使广大的农奴逐步转化为自由农民，并拥有自己开垦的土地，因而生产积极性有所提高，客观上促进了土家族地区社会生产的迅速发展。

伴随着土司制度的废除，过去“蛮不出境，汉不入峒”的封闭禁令被打破，各族人民出入境内需要交钱送礼等陈规陋俗被废除，大批汉族农民和商人的不断迁入，带进各种先进生产工具和先进生产技术，使得原土司地区的原始落后的生产方式大为改观。

“改土归流”的实施使土家族地区的社会形态产生了划时代的变化。也正是从“改土归流”后，土家族地区的社会形态发展才又基本上与中原汉族地区同步，在鸦片战争后一起进入了半殖民地半封建社会。

第七章　土家族创世史诗及内涵

史诗是人类特定历史阶段的产物，恩格斯说它是人类由野蛮时代带入文明时代的主要遗产。它是原始人类集体智慧的结晶，永远地保留了人类童年时代的幼稚与天真。我国许多民族都有自己的史诗，而且由于生态环境的不同各具特色。在我国北部和西部地区的游牧民族中，产生了《格萨尔王传》、《江格尔》、《玛纳斯》等蜚声世界的英雄史诗，而在我国西南地区的农耕民族中，则有着一个令世人刮目相看的创世史诗群。其作品之丰富多彩，文化积淀之丰厚深远，在世界文化史上也是不多见的。如彝族的《梅葛》、《阿细人的歌》，纳西族的《创世纪》，白族的《开天辟地》，拉祜族的《牡凰密帕》，苗族的《苗族古歌》，哈尼族的《奥色密色》等。

土家族也不例外，它的创世史诗就保存在世代以本民族语言口耳相传的古歌总汇《摆手歌》中。

一、土家族的创世史诗

土家族的创世史诗主要是《制天制地》和《雍尼补所》。二者在内容上各有特色，但又有时序上的先后联系，一脉相承，体现了不同的历史阶段。《制天制地》主要讲述了天地再造和天神造人。在远古洪荒时代，本有天地人与万物，但天与地挨得很近，地上的芭茅和马桑树都伸上了天庭，青蛙和鸟吵得天上人不安宁。东海有条大鱼，鱼翅也伸上了天庭。天上人用大斧砍在鱼背上，大鱼负痛打个翻身，这一下天上通了大眼，地上通了大坑，从此四季不分，日月不清，世上变成一片混沌。天上大神墨贴巴见此状况，就命张古老补天，李古老补地。张古老辛苦了七天七夜，用五色石头补好天上洞，再用钉子固定，把天补得平平展展。天上的彩云是五色石头的光彩，星星是钉子发光亮，月亮是张古老用过的火把，地上露珠是张古老滴下的汗珠。张古老大功告成，李古老还在酣然大睡。张古老擂响天鼓，才把李古老震醒。他一见天已补好，忙慌慌张张补起地来，泥巴到处乱堆，从此地上变得坑坑洼洼；棍棒到处乱戳，从此地上到处洞洞多。天地做成，墨贴巴又叫张古老做人。张古老做人时没做“肚脐脐”和“屁股眼”，因而失败。墨贴巴又叫李古老做人，李古老也没做屁股眼，同样失败了。墨贴巴再叫女神依窝阿巴做人，依窝阿巴吸取了张、李二人的教训，细心忙了十天十夜，用葫芦瓜等植物终于做成能说话走路的人。

《雍尼补所》的主要内容是洪水浩劫和再造人类。作品中说，有个老婆婆，生了七儿一女。大的六个儿子坏事做得多，使老婆婆伤心病倒在床。幺女雍尼和幺儿补所天天送饭送水。六兄弟于是设计捉雷公给母亲吃。他们假装糟蹋粮食，引得雷公下天来，被捉住锁在铁笼里。雷公的伤心啼哭引起了雍尼补所的同情。他们给了雷公一点水与火，雷公一下显出神威，逃上了天。雷公回天庭后向墨贴巴哭诉地上人的凶恶，墨贴巴叫张古老李古老破坏田地，让凡间的人死绝，二人都不干。墨贴巴只好亲自动手，要涨齐天大水淹没人类。依窝阿巴要雷公有恩报恩，雷公就让燕子给雍尼、补所送去葫芦种子。大水过后，只有兄妹二人躲在葫芦瓜中得救。这时天上主持婚姻的神要兄妹二人成亲后繁衍人类，二人不答应。最后通过滚墨子、栽葫芦、烧火烟、转山头试天意，兄妹二人难违天命，答应成亲。成亲后生下一个肉坨坨，依窝阿巴叫他们把肉团砍成一百二十块，拌上沙子撒了出去，成了客家人；拌上树苗撒出去，成了苗家人；拌上泥巴撒出去，成了土家人。从此人类繁衍兴旺。

墨贴巴一见地上又有了人类，就放出十二个太阳，有二十姓的人晒绝种了，世上只剩下“百家”姓的人。这时土家族有个英雄叫洛雨，他爬上马桑树，用桃弓柳箭一口气射落十个太阳。有个叫眉毛草的人怕太阳射完了人类也活不了，于是挡了洛雨两眼，剩下两个太阳得救。两个太阳是兄妹，洛雨让哥哥夜里走，叫做月亮，还放些星星作伴；妹妹胆小白天走、被看得害羞就用针刺人眼。从此白天黑夜，四季冷热分明，人类才生存生活繁衍下来。

除了《制天制地》和《雍尼补所》外，《民族迁徙歌》则叙述了氏族群体克服重重困难，长途跋涉，在武陵山区寻找幸福乐土的经过。人们在漫长的迁徙过程中，又不断繁衍，不断开拓。从人们迁徙所带的物品看，有炊具、砍柴和狩猎工具，还有竹卦和玩“社巴”的神具。可见人们这时已脱离了穴居和茹毛饮血的生活，原始巫术和原始宗教已经产生。这时还出现了社会分工和阶段分化，有了行使“初夜权”的“坏公公”形象，其实反映了原始社会末期土家族先民的社会生活情景。特别值得一提的是，人们在迁徙过程中遇到过语言不通的土著人，这对于研究土家族源提供了一个重要的信息。

二、土家族创世史诗的文化认知

史诗作为人类社会特定历史时期产生的较完备的文学样式，它并不是原始文学的萌芽，而是产生于一定的前提之上。首先，史诗需比较发达的口头语言。各民族的史诗都体现了较高的语言艺术，人类的口头语言没成熟到一定程度是不可能产生史诗的，可以说原始歌谣为史诗奠定了语言基础。其次，史诗需要发达的想象力和一定的理性思维。发达的想象力与理性思维是人类发展到一定阶段产生的高级属性，而人类最初不能把自己与动物完全分开时还只能萌发一些图腾神话，图腾神话为史诗奠定了思维基础。再次，史诗是社会发展到一定阶段的产物，需要比较丰富的社会生活内容。人类在氏族公社产生之后，才有了较为丰富的社会生活。所以，具有一定道德规范的社会生活是史诗产生的社会基础。

土家族创世史诗主要属于复合神话。在土家族神话中，除创世史诗反映了天地开辟、人类产生的内容外，还有一些散文体神话也表现了类似内容。把二者联系起来看，就可明确观照到土家族创世史诗的渊源出于这些散文体神话。在神话《祖先》中，已有了兄妹成亲繁衍人类的情节；在《开天・辟地・定人化》中，有盘古开天地、女娲补天、伏羲兄妹滚磨子成亲、砍肉丁繁衍人类的情节；在《陈古烂年的老话》中，有张古老制天、李姑娘害病想吃雷公肉，众兄弟捉雷公、雷公送葫芦籽、玉帝降大水、伏羲兄妹滚磨子、转山头成亲、生肉团砍肉团、后羿射日的情节；《卵玉射日》则有玉皇大帝晒死凡间人、狠人卵玉爬上马桑树射落十个太阳的情节。从上述情况看，创世史诗中的开辟神话《制天制地》主要是吸收改造了散文体神话《陈谷烂年的老话》中制天制地的情节，增加了依窝阿巴造人的情节。创世史诗中的洪水再造神话《雍尼补所》则综合改造了以上众多散文体神话的情节并有了发展。经综合改造后的史诗情节体现了两大特点：一是情节更加丰富完整与合情合理。如李姑娘制地变为更有力量又做事马虎的男神李古老制地，如不取把婴儿砍为肉丁繁衍人类的残忍情节而取用砍肉团情节；如变老鸦送葫芦籽为招人喜爱的燕子送葫芦籽；如给走夜晚的孤独的哥哥以星星作伴、给害羞的妹妹以针刺人眼的情节；如剩下两个太阳的原因是因眉毛草挡了两个眼睛的情节等。这些情节的改造和增添都有效地强化了作品的逻辑性和艺术性，使之更符合客观之理和主观之情，体现了人们认识和思维能力的发展提高，史诗一方面体现了土家族先民原始的认识框架，这种认识框架是建立在直观形象的原始思维基础上的，如人有七窍，造人就有葫芦凿七窍；马桑树高达天庭，离太阳一定很近；葫芦瓜不沉，躲在里面就可逃避洪水等。另一方面，史诗中又呈现了原始先民抽象思维的萌芽与发展，这主要体现在对象之间因果联系的建构和对事物及其特征力求合情合理的解释。如地上的坎坷不平是李古老敷衍了事的结果，让燕子在屋檐做窝是因它给人类送过救命葫芦种，太阳射人眼睛是因为它有针等，原始先民抽象思维的萌芽及对神话创作的渗透，就使神话奇特的想象达到了一个新境界。

单纯建立在形象的原始直觉思维上的想象虽奇特但不一定合情合理，而从直觉思维与抽象思维的交合中生发的艺术想象，不仅形象奇特，而且合情合理，由此导致了神话中的想象质在一定程度上的改变。二是民族地方特色更加浓郁，更鲜明地体现了一个山地农耕民族的文化特色。可见神话中的想象再奇特也离不开民族的社会生活基础。再如摒弃盘古开天地、女娲补天、玉皇大帝晒人类、后羿射日等外民族文化渗透的情节，而取张古老制天、李古老制地、土家大神墨特巴惩罚人类、民族英雄洛雨射日的情节等。这些取舍和改造都使作品内容更符合本民族人民的心理和感情，更符合本民族生活地域特点。综上所述，由散文体神话到创世史诗中的复合神话，经历了一个由简单到复杂、由粗糙到精致、由不合逻辑到合情合理的发展演变过程，造成这发展演变的最大动力是原始先民理性思维能力的不断发展及对自身本质力量的不断认识与肯定。史诗本身所体现的复杂内容，说明史诗在漫长的传承过程中不断得到了充实，某些情节也产生了变异，特别是它对民族文化的影响以及后世社会生活因素的投射，其作品的文化内涵更加丰厚宽广。

三、与西南其他史诗的比较

纵观我国西南地区的少数民族创世史诗群，由于各民族都经历了相似的历史发展阶段，又居住在相似的地理环境中，再加上错综复杂的民族文化互渗，各民族的史诗体现了许多相似之处，但各自又有其民族地域特色，在总体上构成了西南少数民族创世史诗的绚丽多彩。

在对天地形态及开辟的认识上，西南各民族史诗中多持“浑天说”，即天地最初混沌一片，后由天神造天地或变天变地，唯有土家族创世史诗中认为天地原来就有，只不过挨得很近，后来遭灾才变为混沌一片。这种“自然生成说”的“天地个别论”宇宙观是很独特的，与“天盖地底”说亦有区别。

在人类来源问题上，各民族的史诗回答最丰富，如苗族的枫树生人说、彝族的猴子变人说、纳西族的蛋生说、拉祜族的葫芦出人说等，更为普遍的则是天神造人。天神造人的方式也是丰富多彩，如彝族的用雪造人，哈尼族的天神全身生人。土家族创世史诗在这个方面表现的意蕴更加丰富而有特色。土家族先民认为，世界本来就有“原生人”，他们和天神、万物一样同属大自然的一部分，后来天神又用葫芦、豇豆、竹子等植物造成了“自然人”，洪水浩劫之后最后才是自身繁衍的“社会人”，体现了人类进化的几个阶段，有着丰富的文化内涵，这与彝族史诗《梅葛》中的独眼、直眼、横眼三代人有异曲同工之妙。由自然与人的生命一体化，到精血凝成的具有人伦道德的“社会人”，不仅体现了人类生理上的进化，而且体现了人性上的升华。

除了对天地、人类来源问题的认识，西南各民族的创世史诗还反映了许多共同的意识形态，这主要表现在以下几方面：第一，共同体现了“物质本源论”的宇宙认识观和劳动创造世界的辩证法。第二，共同反映了各民族同源共族的民族起源“一元论”思想。第三，不约而同地体现论文“再三事成”的哲学实践观念，这尤以土家族的三次造人、苗族的三次送日月上天情节最为典型。第四，共同体现了各民族文化的相互渗透和影响，特别是中原汉民族文化的投射。

四、土家族创生史诗的哲学内涵

从土家族史诗内容可见，《制天制地》属天地开辟人类起源神话，

《雍尼补所》属洪水人类再造神话。作品不仅生动再现了特定历史时期土家族先民的社会生活图画，而且客观地反映了土家族先民原始的综合意识形态，是土家族原始民族文化的缩影，也是后世民族文化发展嬗变的源头，因此也就提供了一个认识探讨的原点。

（一）“自然生成说”的宇宙观

在各民族的创世史诗中，天地形成的神话都占据着首要位置。天地是人类和万物赖以存在的空间，原始人类对身边万物进行思考时，首先要解答存在万物的这神秘场所。人们对客观世界富有哲学意味的认识，可以说是从天地来源开始的。土家族先民认为，天地是本来就有的，只是后来出了变故才变成混沌一片，也才有了天神再造天地之事。不仅天地各别，而且是自然生成。在这自然生成的“原生宇宙”中，天地与天神与人同时并在，还有植物、动物，所有这些都是大自然的一部分，在这时造物主不是天神，而是大自然，自然本身就是包孕万物的，不仅天地与人同属大自然的一部分，而且祸福相关，生存与共，天地结构上的不合理导致了人们生存上的灾难，而只有再造的合理的天地才能使人们合理地生存，只有顺从“天意”人们才能繁衍。在这里可见“天人合一”的哲学观念已在土家族先民意识中朦胧地产生了。这种认识初步体现了人们对自身与生存环境关系的思考，隐约指向着对客观规律的顺应。

人们心目中的“原生宇宙”形态特征是天不高，地不低，缺乏层次感，换句话说，就是等级不鲜明，天神的位置不是至高无上的。这样的天地结构没有拉开神与人的距离，充满了矛盾，缺乏应有的安定秩序，严重影响了神人的生活，但是神人们并没有改造现状的意识，直到发生了突然的变故，危及天地的存在，天神们才被迫采取措施再造天地，由此可见天神们也是把天地的安危与自身的存在联系在一起的，进一步体现了自然与生命一体化的意识。这种“自然生成说”的宇宙观，较之天神开天辟地，无疑具有更朴素的唯物主义意识，也同时折射了土家族先民的原始自然崇拜，但通过天神的力量来改造天地则又体现了土家族先民原始意识形态中的唯心主义成分。

(二)“否定之合理”的哲学观念

从史诗内容中可见，在对客观世界及人类自身的认识及思考中，土家族先民总是在探求万事万物存在的合理内核，合理的便得以存在传递，不合理的便趋于毁坏灭亡。这个万事万物得以存在的合理内核实际上就是对客观规律的吻合，不管是天地还是人类自身都不例外。在土家族先民的原始意识中，这个趋向合理、吻合客观规律的途径就是否定事物原貌。对于宇宙来说，自然生成的“原生宇宙”是不合理的，天地结构的不合理导致了这个世界充满矛盾，缺乏安定秩序，不利于人类生存，最终导致毁灭。而新天地的再造是在对靠得太近的原生天地的否定基础上建立起来的，张古老和李古老最初造的人没有“肚脐脐”和“屁股眼”，不能说话走路，而依窝阿巴最后的成功则是吸取了张、李二神所造之人的教训而体现了合理的结构取得成功的。更进一步说，神造的人因缺乏“人性”(伦理道德)而激化了人与“天”的矛盾，最终招致洪水浩劫而失去繁衍条件，人类自繁衍的“社会人”符合了社会人伦要求，因此才合理，才兴旺繁衍。“社会人”的产生，是人类自身的壮举，他不再是葫芦等自然物的聚合，而是人类自身精血凝结，天生具有了“人性”。“社会人”的产生同样是对“自然人”的否定。在土家族先民看来，大自然与人类本身就是在通过否定前身而趋于更合理的存在的。由此我们看到具有哲学意义的进化意识在土家族先民中已经产生了。更值得重视的是，在完成这种否定走向合理进步的过程中，人类本身的作用愈来愈得到重视，并逐渐代替神灵成为主角。在史诗中，最初的改造天地是由天神来完成，而后来的射日则是由本民族的英雄来完成；最初造“自然人”是由天神来完成，而更合理的“社会人”的产生则只能由人类自身来完成。这充分体现了原始先民对自身本质力量的不断认定和张扬，体现了人类征服主宰大自然的信心不断增长。

这种“否定之合理”的哲学观念的产生，是人们对大自然及自身反复认识的结果，也是在实践中对原有的认识不断校正的结果。从另一侧面也说明了人们一步步从原始直觉思维中走出来，逐渐跨入理性思维的大门，开始了对现象蕴含的客观规律的探求。这一哲学观念对于不断进取的民族精神的确立产生了巨大作用。

（三）“生存崇拜”的原始宗教意识

从人们的原始宗教意识形成发展来看，自然崇拜和图腾崇拜产生最早，因为人类最初还不能有意识地把自身与大自然和动植物分开。土家族先民的“自然生成”宇宙观就从侧面体现了这一点。当人类明确意识到自身与周围环境的关系时，就首先想到了生存繁衍问题，这个问题构成了最基本的“生存原点”，原始先民的一切意识及活动可以说都是围绕这一点展开的。由此出发，凡有利于生存的事物便被认为是善的、合理的，便得到肯定和尊崇，原始的“生存崇拜”意识便自然萌生了。人们对某些动植物表示尊崇，是因为他们认为这些植物与自己的生存有密切联系。对天神更是如此。在土家族史诗中，张古老、李古老制天制地，为人类创造了适宜的生存环境，人们是予以肯定的，天神墨贴巴虽然地位最高，但他涨大水淹没人类，人们并不尊崇他，而女神依窝阿巴却得到了人们最高的尊崇。她不仅成功地创造了“自然人”，而且在人类要遭灭顶之灾时，又是她提醒雷公有恩报恩，给人类送去葫芦籽，她还教兄妹俩如何用生下的血团繁衍人类，这就使她在土家族的原始宗教信仰中占有极重要的位置，并且一直沿袭后世，影响至今。从某种意义上看，可以说祖先崇拜同样是起源于这种“生存崇拜”观念的。祖先之所以受到崇拜的根本原因之一就是他们繁衍了民族本身或为民族的繁衍立下了大功。如土家族史诗中繁衍人类的兄妹俩在后世被称为傩公傩娘，在傩祭中一直供奉着。这种“生存崇拜”还辐射到动物身上，如燕子因给人类送葫芦籽而受到人类最优待遇，允许它在屋檐做窝，狗给人类带来了谷种、鹰救了民族祖先的命，都受到人们的尊崇，因为它们都为民族的生存繁衍作出了重大贡献。可见这种“生存崇拜”的原始宗教意识对土家族先民的生活有着重大的影响。

土家族先民心目中的“原生宇宙”，被认为是天地靠得很近而不合理，实际上也体现了天神和地上人的位置缺乏等级距离的不合理性。经过再造的天地拉开了距离，也同时拉开了“人”与“神”的位置，奠定了天神高高在上的地位。在土家族先民看来，这样的格局才合理，才能避免人与天神之间发生矛盾，才有利于人类生存。这里实际上体现了最早的神灵崇拜意识。天神能创造适应人类生存的环境，能帮助人们生存繁衍，自然应该高高在上受到尊崇。这种唯心意识促使原始初民在谋求生存繁衍的斗争中，除了依靠本身力量来征服改造自然外，又顶礼膜拜神灵来参与和帮助人类改善生存环境的活动，原始宗教也就滋生了。因此，原始宗教的产生依然是人们生存繁衍的功利目的。

(四)“天灾人祸”的认识做标记

史诗中鲜明反映了土家族先民的“劫难”意识。在他们看来，宇宙天地有劫难，人类亦有劫难。造成这种劫难都有一定原因，这种“天灾人祸”的认识观念蕴含着朴素的唯物辩证法思想。人们不仅认识到事物的变化，而且认识到事物之间存在的矛盾，以及这些矛盾运动所体现的“因果联系”。人们对于灾祸的原因首先是从事物本身实际出发去考察，去寻找事物本身的矛盾和不合理之处，不仅看到了大自然本身的矛盾及矛盾运动会造成灾祸，而且认识到人类本身也与大自然存在着矛盾，人为的因素也会导致灾祸的发生。这里难能可贵地体现了唯物辩证法的思想，但把人为因素造成自然灾祸归结为触怒了神灵，则又反映了客观唯心主义的倾向。人们还朦胧地认识到大自然中的矛盾运动体现着一种因果联系，但这种因果联系的认定只是出于主观臆想，并不符合客观规律。这时人们对客观规律的认识还只是直观中的朦胧感受。人们一方面感到了自身行为如造人要符合自然规律才能成功，但同时又认为人类的行为要顺应“天意”才能免遭灾祸。由此可见自然规律与“天意”在土家族先民眼中是合二而一的，因此在认识论上也就体现了唯物主义和唯心主义的交融。土家族先民的这种“天灾人祸”的劫难意识是有异于后世佛教唯心主义色彩极浓的劫难和因果报应观念的，其中的唯心成分为后世佛教传入土家族地区准备了思想条件，而其中的唯物辩证法内核则为人们注重事物矛盾、顺应客观规律去改造客观世界提供了方法论。

(五)“善恶二级”的伦理道德

史诗内容表明，土家族先民原始的伦理道德已粗具轮廓。这原始的伦理道德明显体现着“善恶二级”的特点，“善”是其核心。判别善恶的标准仍是以民族的生存繁衍为尺度，如天神墨贴巴曾叫张古老等造人，这是“善”，但降洪水、放太阳来灭绝人类，又是“恶”，在他身上体现了神格的二重性，而且恶大于善。张古老、李古老制了天地，而且不肯毁天地灭绝人类，也是善神。依窝阿巴对人类的生存繁衍其功无比，在人们心中是尽善尽美的。雷公下天惩罚恶人，却受到捉弄，但恩怨分明，给人类送了救命的葫芦籽，也得到人们的同情和肯定。“狠人”几兄弟不仅把生养他们的母亲气病了，而且故意挑起天神与人类的矛盾，致使人类遭祸，他们是造成人类浩劫的罪魁祸首，最终难逃劫难。雍尼补所孝顺母亲，同情雷公，终于得救并繁衍人类，其功极大，不合人伦的兄妹成婚也被披上了“天意”的外衣。洛雨凭借人类的本质力量与大自然斗争取得了伟大胜利，为人类的生存繁衍作出了重大贡献，受到人们的热情赞扬并成为民族英雄的象征。由此可见，民族的生存繁衍是土家族先民判别善与恶的出发点，也是土家族原始伦理道德的核心，对后世民族道德规范的形成有着深远影响。从宗教信仰上来说，人们心目中的善神、正神能帮助人们生存繁衍，所以受到祭祀；而不利于人们生存繁衍的恶神则受到人们用巫术驱赶，可见对于神格的认定也是以此为基本标准。从社会与民族的伦理道德看，后世的行孝、宽和、诚实、互助以及富于同情心等道德崇尚是由此核心生发的，因为这些行为与表现从根本上来说都有利于氏族的生存繁衍。

综上所述，土家族的创世史诗不仅生动艺术地反映了土家族先民在特定历史时期的社会生活图画，而且多侧面地体现了土家族先民的原始意识形态，为我们探索民族心理提供了最早的参照，具有不可替代的艺术价值与认识价值。土家族先民原始意识形态的萌生，都离不开氏族生存繁衍的这个原点。氏族的生存繁衍就是史诗所蕴含的基本文化内核，史诗就是本民族原始先民为了生存繁衍，张扬生存繁衍主题所吟唱的最宏伟壮丽的篇章。

第八章　土家族图腾崇拜

土家族的民族文化可上溯到远古时期。这种文化的一个鲜明的特色就是以“白虎”文化事象为内核，形成一种笼罩于土家族历史各阶段的“白虎文化”。几千年来，在土家族形成和发展的历史进程中，“白虎文化”也随之发展演变，有力地影响着人们社会生活的方方面面，在人们的意识形态和社会文化景观上，都打上了不可磨灭的烙印。这种烙印，直到今天还是那样昭然醒目，以致成为认定民族成分的一个基本依据，成为土家族文化的独特个性。研究这个问题，对于探讨土家族的民族心理、民族精神和民族性格的形成及发展，有着重要的认识意义和价值。

一、从巴蛇到白虎的嬗变

古代巴人的图腾，以廪君为界，前后迥然相异，在廪君之前为巴蛇，之后为白虎。从巴蛇到白虎，无疑发生过一次脱胎换骨式的转换。巴人崇白虎之风由廪君始，然而，廪君并非巴人始祖。史书上叙及廪君出身时说：“巴氏之子务相。”可见廪君之先已有巴人。廪君之前的巴人初民并不崇虎，而是崇蛇。《山海经·海内经》说：“西南有巴国，太昊生咸鸟，咸鸟生乘厘，乘厘生后照，后照是始为巴人。”太昊即伏羲氏，传说为“蛇身人首，有圣德”，据范文澜先生推测，可能是出自以蛇(或龙)为图腾的一族。巴人既为太昊伏羲氏的一支，自然也可能是以蛇为其图腾崇拜物的。许慎《说文解字》释“巴”字说：“巴，虫也。”或曰“食象蛇”。巴人的族称显然是来自其图腾崇拜，以图腾作为氏族名称的现象在世界各原始氏族中是普遍存在的。由此也可知巴人初民的图腾为蛇。一种图腾的形成，总会伴有相应的神话传说。围绕巴人蛇图腾的神话传说很多。如《古小说钩沈》辑《玄中记》说：“昆仑西北有山，周回三万里，巨蛇绕之，得三周。”昆仑山脉在距今五六千年前，气候较温和，是巨蛇与大象的产地。《山海经·大荒北经》曰：“西南有巴国，有黑蛇，青首，食象。”这些神话和传说反映出两个显著特点：一是所记巴蛇产地，或为巴人发源地，或为巴人迁徙居住之地，表明巴人与蛇的关系十分密切，所以有的神话经称其蛇为巴蛇；二是塑造了一个勇猛巨大、能吞食大象的蛇神形象，足见巴人初民对蛇的敬畏和崇拜。巴蛇神话传说实为巴人图腾为蛇的有力见证。神话传说中，关于巴蛇与伏羲的关系也有披露，如《北堂书钞》卷一五八引《王子年拾遗记》说：“昔伯禹随山浚川，起自积石，凿龙门，至一空穴……有黑蛇长十丈，头有角，衔夜明之珠，以导于禹。禹乃昼夜并行，计可三十余里，魑魅莫逢，穴亦积广。乃至一室里，有人身如蛇鳞，坐于石上，禹与言焉。说日月初明之时，又言今之世，洪波冠天而天火灼，土石皆焦，谓尧汤之世是也。”文中的身如蛇鳞之人当是伏羲无疑。大蛇则为伏羲从属。蛇色黑，长十丈，身体高大，腹中是足可以容象的，应与巴蛇同属吞象之蛇。这一传说凿实了巴蛇与伏羲氏的从属关系，也使我们确信巴蛇为巴人崇信的图腾，因为巴人曾是从属伏羲氏的一支。巴人的蛇图腾在历史上也曾留下了深远的影响。巴蛇的神话传说一支延绵不断。除上引文献资料外，还可以找到一些例证。如战国时代楚国大诗人屈原在《天问》中，就提到过巴蛇神话：“一蛇吞象，厥大如何？”到了宋代，还有范致明《岳阳风土记》述及巴蛇神：“巴陵……今在鄂州蒲圻县界……《江记》言，羿屠巴蛇于洞庭，积其骨位陵。”就是到今天，我们还仍袭用“人心不足蛇吞象”这一与巴蛇吞象意象有着亲缘关系的成语。巴蛇图腾散布在历史长河的屡屡余音，多少又为我们透露出了远古巴人蛇图腾的信息。

二、巴人的白虎图腾

巴人自廪君始，变换蛇图腾为白虎图腾。变换的标志表现在两个方面：其一，巴人廪君氏族部落形成后，首领巴务相以虎自称，高举了虎图腾的旗帜。范晔《后汉书·南蛮西南夷列传》说："巴郡、南郡蛮本有五姓：巴氏、樊氏、瞫氏、相氏、郑氏，皆出于武落钟离山。其山有赤、黑二穴。巴氏之子生于赤穴，四姓之子皆生黑穴。未有君长，俱事鬼神；乃共掷剑石穴，约能中者，奉以为君。巴氏之子务相乃独中之。……又令各乘土船，约能浮者，当以为君。余姓悉沉，唯务相独浮。因共立之，是为廪君。"传说叙述了廪君蛮形成的经过，从中也隐约可见白虎成为五姓共同图腾的踪迹。最初，五姓共居钟离山，"未有君长，俱事鬼神"，说明尚未形成统一的氏族部落，各姓皆信奉不同的图腾。以巴务相为首领的五姓氏族部落初步形成后，最首要的任务莫过于确立共同的图腾。统一的图腾具有维系和巩固氏族部落的作用。巴务相称为廪君，就是确立以虎为五姓的共同图腾。文献上有过称"虎"为"李父"、"李耳"的记载，现今的土家族也称"虎"为"李"；而"李"与"廪"读音相近，"廪"即为"虎"，"廪君"即为"虎君"，这种见解已由一些专家学者反复阐明过。其二，在廪君蛮中，已形成了白虎图腾观念以及相应的图腾礼仪。《后汉书》说："廪君死，魂魄化为白虎"。人死化为白虎，看似荒诞不经，实则反映了原始巴人严肃而神圣的图腾观念。在原始人看来，人与图腾是浑然一体的，可以相互转化；每个人都是自己氏族同一图腾祖先的化身，氏族成员的死亡则是返回图腾。弗雷泽在他的《金枝》中，论及这种人与图腾交换生命的观念时，曾举例说："原始人对于这样交换灵魂的信念显然来自巴斯克猎人的故事。故事说一个巴斯克猎人自称被熊所杀，熊的灵魂进入了猎人体内，熊的肉体死亡了，猎人则变成了那熊。”正是基于同样的图腾观念，廪君蛮将廪君的死看作是魂魄化为白虎，并视白虎为廪君的化身。当然，廪君化虎的传说还不仅仅是观念形态的产物，它必定与某种图腾礼仪有着密切联系。笔者认为，可能是生命垂危之时廪君为虎所食，也可能是死后以尸饲虎。我们不妨称这种礼仪为以人饲虎礼仪。廪君是巴人以人饲虎礼仪的始作俑者。关于这种巴人饲虎礼仪的存在，可以从多方面得到证实：第一，古代文物方面的反映。湖南出土的商代青铜器中有一种虎食人卣。李学勤描述说，“卣通体作虎形，踞坐以后足及尾支撑，前爪抱持一人，张口啖食人首。人体与虎相对，手拊虎肩，脚踏虎后爪上，转面向左侧视。”“其面上表情均为肃穆，并没有恐惧或欣喜的状貌。”虎食人卣自然是一种原始宗教礼仪的形象化再现，它表现的正是以人饲虎来交换灵魂的场面。虎食人卣没有人说是巴人的遗物，不过，它一定是出自崇虎民族，它所反映的图腾习俗，也应该是在同样崇虎的巴人那里存在过的。第二，有关饲虎的记载和传闻。上引廪君传说，紧接廪君化为白虎之后又说：“巴氏以虎饮人血，遂以人饲焉。”表明以人饲虎的礼仪在廪君之后流传下来了。对此，《后汉书》以后的文献也屡有记载。综观这些文献，又可将饲虎分成两类。一类是自愿饲虎。自愿饲虎者将饲虎视作化虎。因此，传说中便出现了一类能化虎之人以及化虎之事。应劭《风俗通义》(佚文)卷一说：“呼虎为李耳——俗说，虎本南郡中庐李氏公所化为……”。干宝《搜神记》卷十二说：“江汉之间有貙区人，其先廪君之苗裔也，能化为虎。”张华《博物志》卷二说：“江陵有猛人，能化为虎，俗又曰貙区。”这类化虎之人大约是效法其先祖廪君而来。另一类是杀人饲虎。人入虎口就得当场丧命，这是人人都能看得清的事实。无论人们怎样狂热地崇拜白虎，怎样虔诚地相信魂归图腾的观念，都无法回避对死亡的恐惧。因此，能自愿饲虎的“英雄”不会很多。所以部族头领或统治者便不得不杀人饲虎。最初应是杀掉本族的人饲虎，以表现本民族与其图腾祖先灵魂的贯通与交流。后来逐渐发展到杀死外族人(主要是战俘)饲虎，魂归图腾的目的就演变成了祭祀，取悦于图腾了。陈继儒《虎荟》卷五说："房陵间有白虎，好饮人血，每岁其民杀祭。"杀人饲虎的风习直到晚近仍有传闻。据说，土家族大姓之一的田姓，在堂屋里设有白虎神座堂。最早是杀人祭祀，即事前买一个小乞丐，在还愿时杀以祭白虎。杀人祀虎已经在很大程度上有悖最初饲虎的意义，但作为一种讹变的形式，其深长的根系，仍然可以追溯到廪君化虎的传说。第三，象征性饲虎礼仪的佐证。巴人以人饲虎的礼仪，随着社会历史的发展而早已废除，但其遗风却一直传承下来，并在土家族中形成了一些象征性的饲虎礼仪。最显著的例子是土家族还相公愿时的歼头仪式，由掌坛师用杀猪刀在自己头上砍出血来，滴在长串纸钱上，当众悬挂，然后烧掉。还这种愿要"见红"才能"落愿"。"见红"正是杀人的象征。掌坛师头上的鲜血则是代替了被杀之人。显然，"歼头"是杀人饲虎的一种演变形式。象征性饲虎还表现在土家族曾经实行过的火葬习俗上。1973 年，湘西土家族苗族自治州考古队在保靖四方城发掘过一座古墓。墓呈圆形，为土坑，墓中放一碗。碗盛骨灰，上覆盖一碗，经专家鉴定，属元代火葬墓。四方城在元代属土家族聚居区，可见土家族曾有过火葬习俗。火葬在土家族历史上消失较早，详情暂不可考，但我们却可以借助同样崇虎并与土家族有着同源关系的彝族的火葬习俗来加以考察。彝族的火葬实际上是虎图腾崇拜的一种礼仪。云南哀牢山自称为"罗罗"的彝族在距今五六代人时尚实行火葬。《虎荟》卷三说："罗罗——云南蛮人，呼虎为罗罗，老则化为虎。"哀牢山彝族巫师认为："彝族是虎变的，如果不火葬，灵魂就不能还原为虎。"说明彝族火葬的意义在于让本族死亡的人魂归虎图腾。由此看来，土家族火葬也当是象征性饲虎以使死者魂归于虎的礼仪了。象征性饲虎礼仪，还保存着对廪君化虎的远古记忆。

三、巴人图腾转换的原因

巴人在廪君时期，为什么会舍弃远祖蛇图腾而改崇白虎呢？这有多方面的原因。

其一，父系制代替母系制的必然产物。廪君蛮的时代，正是这一部族由母系制转入父系制的时代。《后汉书》说：廪君蛮“乃乘土船从夷水至盐阳。盐水有神女，谓廪君曰：‘此地广大，鱼盐所出，愿留共居’。廪君不许。盐神暮辄来取宿，旦即化为虫，与诸虫群飞，掩蔽日光，天地晦冥。积十余日，廪君思其便，因射杀之，天乃开明”。廪君拒绝盐神的要求，盐神以淫威相逼，正是父权制与母权制争夺历史舞台的反映。廪君最终射杀盐女，则表现出父权制对母权制的胜利。父权制代替母权制，必然带来图腾崇拜的变化，即由原来的母系图腾变为父系图腾。由父系图腾代替母系图腾，也正是用改变名称的方法来改变氏族的制度。这种道理，正适于用来解释廪君蛮以白虎图腾取代巴蛇图腾的缘由。在此，我们有必要考察一下两种图腾分别所属的氏族系统。

源于伏羲部落的巴人初民的蛇图腾本是母系图腾。其一，伏羲之时尚处母系氏族社会，这从有关伏羲与女娲的传说和祭祀中可以看出。据我国西南少数民族洪水神话说：伏羲与女娲本为兄妹，其时，人间遭遇洪水，仅存兄妹二人。为繁衍人类，在天神的授意下，伏羲与女娲成婚，再造人类。值得注意的是，几乎西南所有民族的洪水神话，都十分突出地描绘了兄妹婚姻缔结的曲折与艰难。伏羲向女娲求婚，女娲羞恼不已，多次严词拒绝并故设难题，最后的允诺，也只是出于再造人类的考虑。这说明，伏羲之时，兄妹不能结成婚姻关系，已初步形成一种禁忌习俗。而这种禁忌习俗恰是母系氏族社会的标志之一。恩格斯说：“由于出自同一个女祖先，后代的所有女性每一代都是姊妹。但是，这些姊妹的丈夫们，已经不能是她们的兄弟……”洪水神话反映的婚姻禁忌，表明伏羲部落尚处母系氏族时期。清初陆次云《峒溪纤志》说：“犵人腊祭曰报草。祭用巫，设女娲、伏羲位。”苗人祭祀，置女娲于伏羲之前，女娲地位明显高于伏羲，也依稀可辨母权制社会的身影。伏羲既处母系制时期，其蛇图腾也应属母系。其次，蛇在古代中国的文化语义上，具有象征女性、繁衍生命的意象，也本应属母系图腾。《诗·小雅·斯干》曰：“维虺维蛇，女子之祥。”有人指出：“在古代和原始民族中，以蛇象征‘地’、‘繁殖力’、‘女性’或‘阴司’等，是常见的。”在神话传说中，蛇与女性也往往有着难分难解的联系，如《白蛇传》中的白娘子，就是由修炼成精的白蛇变化而成。时至今日，我们仍然把貌美而阴鸷的女子比作美女蛇。蛇与女性的千年不解之缘，是由蛇图腾的母系属性所决定的。

我们再分析一下虎图腾的属系。虎图腾源自虎氏族。虎氏族所属黄帝应晚于太昊伏羲氏，已进入父系制时期了。古书中关于黄帝的传说很多，可见其时代距今较近，其事迹还多能为后人所记忆。黄帝传说主要有：用玉作兵器，造舟车弓矢，染五色衣裳，嫘祖（黄帝正妻）养蚕，仓颉造文字，大挠作干支，伶伦制乐器，等等。从这些传说所反映的生产力发展水平来看，大致与恩格斯所描述的野蛮时代相符。恩格斯说：“对偶婚制是与野蛮时代相适应的。”由此可知。黄帝之时已实行对偶婚，而对偶婚又是父权制的婚姻形式，说明黄帝部族已实行父系制。虎图腾作为父系制黄帝系统的胞族虎氏族的图腾，当属父系无疑。《淮南子·天文训》将虎与龙（实为蛇）作阴阳对举：“白虎在西，苍龙在辰。”虎在古时既被当作阳性之兽，也可见其作为图腾必为父系。虎图腾既属父系，蛇图腾既属母系，廪君蛮为建立和巩固父权统治，弃蛇从虎，则是必然的了。

其二，虎氏族图腾文化强大的影响。在父系制与母系制的交替变更中，廪君蛮为什么偏偏选择了虎图腾来代替母系蛇图腾呢？这与当时虎图腾的强势分不开。原来，在廪君之前，崇虎之风已十分昌盛。虎图腾起源于黄帝轩辕氏族集团的虎方氏族。《史记·五帝本纪》载：黄帝轩辕氏教熊罴貔貅貙虎，以与炎帝战于阪泉之野，三战然后得其志”。熊、罴、貔、貅、貙、虎乃各氏族图腾标志，虎即为虎氏族的图腾标志。虎氏族在阪泉大捷中为前驱之一，可见其时力量已相当强大。在有关黄帝曾孙高辛氏的传说中，也提到过虎氏族，据《左传·文公十八年》载：“高辛氏有才子八人：伯奋、仲堪、叔献、季仲、伯虎、仲熊、叔豹、季狸。”其中的伯虎，即为虎氏族部落酋长。杨宽《古史辨自序》中说：“伯虎、仲熊、叔豹、季狸或季罴，是始为歌舞，就是《尧典》上所谓‘百兽率舞’和《吕氏春秋·古乐篇》所说：‘以致舞百兽’。”“百兽率舞”即各种以兽为图腾的氏族联合表演舞蹈。这些舞蹈当是以模仿各氏族兽图腾为舞姿的，属于宗教性舞蹈。这中间，也有虎氏族的虎舞。虎舞便是后来的巴渝舞乃至摆手舞的原始形式，在巴渝舞和摆手舞中，都有虎动作的遗存。虎氏族久经征战和迁徙，足迹遍布我国中部、东南部和西南部地区，在祖国山河留下了许许多多以虎为名称的地名，广为传播了虎图腾文化的影响。直到现代，在彝、土家、纳西、傈僳等民族中仍普遍存在着崇虎遗风。由此推测，虎图腾文化在廪君之时便已声名大噪，影响甚广。这必然对廪君部落产生作用，诱使或迫使他们选择虎作为新部落集团的图腾。

其三，与特殊的地理环境有关。人与自然环境的关系是决定图腾物种的重要因素之一。一定的自然环境往往使得原始氏族或部落产生与之相适应的图腾信仰。如靠近江河湖海的水族、京族崇拜龙；居住于多熊地区的鄂温克族崇拜熊；生息在多石山区的白族则崇拜巨石等。廪君蛮诸族当时所处的是一个多虎的环境，与虎打交道的机会很多，面对威武雄壮、跳跃长啸的猛虎，容易产生敬畏和崇拜。

巴人廪君蛮图腾的转换，有着多方面的原因，是诸种因素相互作用的结果。其中占主导地位的因素应是母系与父系制度的变更，这是蛇图腾转换的根本动因。而虎氏图腾文化的影响，则是转换的外部条件，多虎的环境是转换的内部条件。诸种因素的合力与交互作用，促成了巴人图腾由蛇至虎的转换。在某种意义上来说，这种转换对巴人不亚于是一次凤凰涅槃式的更生。从此以后，巴人的历史与文化便逐渐染上了白虎图腾的神奇色彩。

四、白虎图腾文化对土家族传统文化的影响

白虎崇拜属于原始图腾文化。随着土家族文明进程的发展，这种原始图腾文化虽已成末流，但它对土家族传统文化的影响却依然深远。

首先，白虎图腾文化造就了巴人及土家族独具民族特色的物质文化。从商周到秦汉的青铜器时代，巴人在中原文化的影响下，也制造了自己的青铜器。这些青铜器以虎作装饰，体现了一个崇虎民族的特殊风貌。在土家族聚居的湘西，曾先后出土了一些青铜器，有剑、戈、斧、钟、洗、壶等，分别属于兵器、乐器和生活用器。湘西出土的巴人兵器中，有很多是以虎作装饰的。其中有一种虎纹斑剑，剑身较长，剑叶上布满虎斑形的纹饰，剑身茎处，铸有虎纹。铜戈是一种既可以钩，又可以啄的兵器，其后部有浮雕式的虎纹，虎头怒目圆睁，狰狞可怖，勇猛非凡。巴人青铜器以其多姿多彩的虎雕虎纹，在中华民族青铜史上抹上了一笔绚丽的色彩。

白虎图腾还在土家族服饰上留下了痕迹。如土家族儿童所戴的绣花的虎头帽，所穿的绣有虎头的虎头鞋。虎头帽，左右有一对耳朵，向前张竖着，帽正中，绣有“王”字。虎头帽有保佑儿童健康成长的意义，儿童长至 12 岁才能免戴。这种习俗是为了祈求祖先虎图腾的保佑。

其次，白虎图腾文化产生了土家族独特的舞蹈艺术。土家族地区至今仍流行的摆手舞，就是由祭白虎的虎舞几经演化而来。从白虎舞到摆手舞，大致经过了由白虎舞而巴渝舞而摆手舞的过程。原始初民在祭祀图腾时，多模拟图腾动作跳舞，土家族祖先巴人应曾有过类似的图腾

舞，其舞蹈动作主要是模仿白虎动作的。白虎舞后来发展成巴渝舞——一种战舞，刚劲勇猛的舞姿成为震慑敌军的武器。巴渝舞作为一种战舞，与白虎舞的精神应是一脉相通的。巴渝舞还保留了许多仿虎动作，而虎的动作又是适宜战舞的。汉代以降，有关巴渝舞的记载屡见于书。

至唐、宋年间，巴渝舞在民间演化成摆手舞。摆手舞还保留了巴渝舞的一部分战舞特征，舞者打着龙旗，拿着土枪，做一系列军事动作。摆手舞还保留传承了原始白虎舞的一些舞蹈动作，如单摆、双摆，回旋等动作。摆手舞充分表现了一个民族劲勇尚武的精神，而这种舞蹈的形式，又无不与远古白虎图腾崇拜的传承密切相关。土家族的丧舞“撒忧尔嗬”也与白虎崇拜有关。这种舞蹈是用于祭祀亡灵的。在土家族地区，老人去世，都要由乡邻为之跳丧。堂屋里，放着已装殓死者的棺材，棺前供有五谷杂粮，上插万年青枝，并点有一盏长明灯，棺材左边还置一牛皮大鼓。丧舞开始的信号是“通、通、通”几声三眼铳枪声。随后，一批又一批的人群进入堂屋开始跳丧，“听到丧鼓响，脚板就发痒”。每一轮丧舞只有两三人参加。一人站在棺材前左侧击鼓领唱，二人在棺前合着鼓点，边唱边舞。舞蹈动作主要有：绕臂穿行，相对击掌，扭肩擦背，嘴触地衔物，下蹲踮脚打旋，相互熙熙等。这些动作被称作：凤凰展翅、犀牛望月、牛蹭痒、狗吃屎、燕儿衔泥、幺姑子姐簸箩、猛虎下山等。唱词的主要内容有：赞颂先民斩草为业、开辟疆域；歌唱农桑渔猎生产劳动和生活琐事；赞美图腾祖先白虎；唱爱情故事；唱哑谜、猜谜，等等。既有传统的唱词，也有即兴之作。从上述基本情况看，跳丧不是哀舞，而是乐舞。显见是远古娱神歌舞的遗传，其原始形态应是娱祀白虎图腾的白虎舞，就是这种舞，后来发展成巴渝舞。巴渝舞既可以用于作战，也可以用作祭祀。巴人的丧舞精神使丧事与战事同样充满昂扬、奋发的情调。《夔府图经》中说：“巴人尚武，击鼓踏歌以兴哀。”“父母初丧，鼙鼓以道哀。其歌必狂，其众必跳，此乃槃瓠白虎之勇也”。古籍也明确指出了跳丧舞的尚武精神。可见，由于远古白虎图腾文化的影响，土家族丧祭舞蹈形成了自己独特的风格和情调。

再次，白虎图腾文化还直接形成了土家族一系列生活习俗。在土家族地区，有不少庙宇都是祭祀向王天子(廪君)的，即是前文所述化虎而去之人。据《长阳县志》说："向王就是廪君""廪君有功于民，今施南、巴东、长阳等地，立庙而祀，土语讹相(巴务相)为向耳。"祭廪君，实际上是祭白虎的演变形式。作为一种远古图腾崇拜的余波，土家族人也有直接祭祀白虎的。一些地方，在堂屋的神龛供奉着木雕的白虎或白虎牌位，其所谓"白虎当堂坐，白虎是家神"。人们称供在家中的白虎为坐堂白虎。实际上，这只是人们想象中的白虎，神化的白虎，远不是自然界的白虎可以比拟的。所以，当自然界真正的白虎光临之际，人们又不免表现出叶公好龙之态，顿生恐惧。有歌唱道："白虎穿堂过，无灾必有祸。"坐堂白虎与穿堂白虎之区别在于，一个是人们崇拜的偶像，是高度幻想化或艺术化了的产物；另一个则是真实的、客观存在的自然界的猛虎。前一种"虎"之所以受人崇拜，是因为它是一种祖先英雄主义精神的象征；后一种之所以使人们畏惧，是因为它直接危及人类的生命安全，所以土家族有赶白虎巫术仪式。土家族所祭祀的氏族祖先神，也无不与虎图腾有关。如"八部大神"，在神话中传说是吃虎奶长大的。永顺祭祀的老祖宗是两个亲兄弟，一个称"铜老虎"，一个称"铁老虎"。可见，在土家族中无论有多少氏族神，都不能超越白虎神。白虎神是土家族至高无上的天神，各氏族神都是它的后裔子嗣。从某种意义上说，白虎神具有凝聚各氏族土家族人的作用。虎的形象、虎的精神渗透于土家族诸多民俗事象中。如结婚时，要在大方桌上铺虎毯，用以祈愿白虎祖宗保佑子嗣绵绵不绝。做法事、跳摆手舞，逢年过节，都要披戴或铺垫虎纹饰布，使用有虎形象的器具。建房屋，要在门柱上雕刻吞口——一种虎头雕刻，以驱邪镇宅。特别值得一提的是土家人吃血豆腐的饮食习俗。在湘西的土家族，逢年过节或贵客驾临，都要吃一种传统菜肴——血豆腐。血豆腐系新鲜豆腐加一定比例的猪血制成。土家族历史上曾以人血祭白虎，其祖先巴人又曾以人饲虎，皆因虎饮人血。土家族自认为是虎的后代，所以食血豆腐，这是保持虎裔血统或灵魂之意。当然，除去血豆腐的迷信色彩，再来品尝这种菜肴，便会觉得它色、香、味俱全。

五、“白虎崇拜”的变异

以上我们对“白虎崇拜”的表现及影响从一般传承的角度进行了阐述，漫长的历史进程中，由于民族生态环境多方面因素的投射，“白虎崇拜”在其流传积淀过程中也产生了较大的变异，这一方面使某些问题变得扑朔迷离，另一方面也使“白虎文化”具有了更丰富的内涵而引人注目。对这些变异现象进行观照有助于我们对土家族民族心理全方位的认识。

研究探讨土家族问题的人们常常为这样一个现象所困扰，即在土家族的信仰和风俗中为什么一方面体现了对白虎的虔诚崇拜，而另一方面又对白虎进行坚决驱赶？这一矛盾现象也成了土家族祖源探讨的一大障碍。一些研究者解释说，虽然土家人崇敬白虎，但虎要伤人，成了人类的大敌，所以人们又不得不驱赶它。这样的解释显然失之于浅表。因为作为一个民族的图腾物，绝对不可能成为较普遍的现象并进而演化为经久不变的习俗。之所以造成这种两极对立的现象，应该还有其历史的、内在的复杂原因。下面将试图对此作出更符合民族历史实际的解释。

只要我们对“敬白虎”与“赶白虎”这一矛盾现象进行较为深入的多角度观照，就会发现“敬白虎”与“赶白虎”现象首先有一个地域上的大致分界。即：鄂西南清江流域一带都是“敬白虎”，祭祀廪君，没有“赶白虎”现象；而湘西溇水、酉水流域一带(包括鄂西南的来凤等地)大多是“赶白虎”，虽也有过“人祀”习俗，但不是祭祀廪君。“白帝天王”庙供奉的是“鸦溪三王”神像，与廪君无关。“赶白虎”习俗在湘西是较普遍的。在凤凰等地流传有“惊蛰射白虎”的习俗，即在“惊蛰”这一天，家家都用石灰在堂屋中央画上弓箭，对着门外射去。永顺、保靖、龙山一带，很多人都认为自己的祖先是“打虎匠”，视白虎为凶神，必须赶杀而后快。凡人家新出生婴儿，必备肉食香烛请土老师来家里“赶白虎”。不满周岁的小孩，还要时刻提防被白虎摄魂，为防止被白虎所害，凡带小孩出门或行夜路，要用锅烟灰在小孩额上画一“十”字，并在小孩的被窝里带上一把剪刀作为杀虎武器。哪家死了人，人们还要在死者房屋周围插上一些竹制弓箭，防止白虎来咬尸体。在川东南、黔东北等地则是“敬白虎”与“赶白虎”两种习俗并存。有些地方则是把白虎神分为“坐堂白虎”与“过堂白虎”两种，“坐堂白虎”是家神，要崇敬，“过堂白虎”是恶神，要驱赶。从实际情况考察，土家族居住区域以“敬白虎”和“赶白虎”为分水岭可以说大致形成了两个具有不同观念意识的文化圈，即鄂西南清江流域的“敬白虎”文化圈和湘西澧水、酉水流域的“赶白虎”文化圈。一些研究者以湘西“赶白虎”文化圈的事实来证明土家族是不敬白虎的，是一个偏颇的论断；反之，认为土家族崇白虎，射白虎的就不是土家族的观点同样也是片面的。

纵观土家族的形成发展史，“赶白虎”的现象可以追溯到战国时期。《华阳国志·巴志》载：“秦昭襄王时白虎为害，自秦、蜀、巴、汉患之。秦王乃重募国中有能煞虎者，邑万家，金帛称之。于是夷朐忍、廖仲乐、何射虎、秦精等乃作白竹弩于高楼上，射虎，中头三节，……秦王嘉之，……汉兴，亦从高祖定乱有功，高祖因复制，专以射白虎为事，户岁賨如钱四十。故世号白虎复夷，一曰板楯蛮，今所谓弜头虎子者也。”

由此记载可见，战国时就出现了“专以射白虎为事”的“板楯蛮”，因称“赋”为“賨”，历史上又称“賨民”。板楯蛮最活跃的时期是在战国时，地点是在川东。自秦灭巴后，至少有一部分板楯蛮进入了湘西。“楚子灭巴，巴子兄弟五人流入黔中。汉有天下，名曰酉、辰、巫、武、沅等五溪，各为一溪之长。”这里的“楚”应是最后灭“巴”的“秦”。板楯蛮进入湘西，并把其射虎的技艺也带了去。湘西山区亦多虎，他们的技艺派上了用场，并得以流传，直至近代湘西还有专门猎虎的“打虎匠”，“射白虎”的习俗也因之而积淀于民族风情生活之中。由此可见，湘西土家族的“射白虎”的习俗与板楯蛮有着直接的渊源关系。现在我们要解决的问题，就是弄清“板楯蛮”的来源。

“板楯蛮”因其以“虎皮衣楯”而得名，究竟源于何处，典籍中没有直接的记载，但从大量有关的记载来推断，“板楯蛮”属于鄂西迁来的巴人中的一支是可以肯定的。《晋中兴书》谈到賨人时说：“賨者，廪君之苗裔也。”徐仲舒先生在《巴蜀文化初论》一文中也说：“賨民就是板楯蛮，他们都是廪君之后。”板楯蛮协助汉高祖平定三秦之事，在《华阳国志》《隋书·地理志》中都有明确记载，称为“巴蜀之人”。巴人在周武王伐纣时就以“歌舞以凌”著称，后演变为“巴渝舞”。《长阳县志》说：“板楯俗喜歌舞，今巫教歌舞(即摆手舞)即巴渝舞遗意。”

如果这里认定板楯蛮是“巴人的一支”，似乎与前文发生了矛盾：板楯蛮作为巴人的一支，也应不会“专以射白虎”来伤害祖先崇拜物的。问题就在于“巴人的一支”与“廪君后裔”是不能等同的，许多问题就因为对这一细微差别的忽视而令人迷惑不解。我们这里认定“板楯蛮”是巴人的一支，只是说板楯蛮与廪君有一定关联，而不一定等于廪君的直接后裔。因为从古至今人们所说的“巴人”实际上是一个宽泛的概念，它既包括廪君的嫡系后裔，也包括初始并不是“巴氏”的“黑穴四姓”及其后裔。只有到巴务相比试获胜镇服黑穴四姓后，黑穴四姓才加入了以巴氏为主的氏族联盟，而成了人们泛称的“巴人”中的一部分。黑穴四姓既然是技输一筹不情愿地臣服廪君，那么我们可以认为他们仍存留着对于廪君的隔阂甚至反抗心理，他们的后裔也没有理由虔诚地崇拜廪君。其实这一点在《后汉书·南蛮西南夷列传》的记载中已露出端倪：“廪君死，魂魄化为白虎。虎饮人血，巴氏遂以人饲焉。”一般研究者都忽视了这里记载的祭祀廪君的是“巴氏”，即巴务相的嫡系氏族后裔，而不是黑穴四姓。由此可见黑穴四姓与廪君之间是有着不和谐因素的。廪君率众西迁“君乎夷城”后死去，他的嫡系后裔多留在清江流域，而存有不臣之心的黑穴四姓则得到了解脱，多数向西入川，板楯蛮及其后裔，后又迁入湘西。只有宋代的罗泌注意到这一现象，他在《路史》后记中说：“巴灭，巴子五季流入黔而君之，生黑穴四姓。”他们的祖先虽也有虎图腾崇拜，但后来这种意识已较为淡薄，但对于白虎是廪君的化身这个意识却是很鲜明的，所以射虎也是专射白虎。他们“射白虎”的行为实则体现了一种氏族矛盾斗争的心理积淀。所以，笔者赞同鄂西南的土家族主体与湘西的土家族主体是同源异支的观点。在对白虎神廪君的态度上，土家族的这两大分支在各自的居住区域发展演变出具有一定差异的民族心理与感情，并由此勾勒出两个色彩不同的文化圈。

这还只是问题的一方面，在湘西造成白虎崇拜变异的另一重要原因就是江西汉人彭氏的进入。彭氏进入湘西后，“以私恩结人心”，并成功地消灭了老蛮头吴著冲，夺去了统治权。彭氏深知虎崇拜在土家族人们思想中的凝聚作用，于是彭氏一方面宣称自己兄弟是铜老虎、铁老虎，一方面则想方设法消散虎崇拜，命令人民每年须向其贡纳老虎。这一强行措施显然进一步化解了人们所存无几的白虎崇拜。以上就是白虎崇拜在湘西文化圈产生变异的内在的历史原因。

综上所述，土家族“白虎文化”的形成，是以民族的“白虎意识”为内核和枢纽，在漫长的历史进程中不断累积沉淀、扩散变异的结果，它覆盖到土家族人们社会生活的众多方面。构成一个蔚为壮观的立体网络，显示出了一种独特的文化氛围。解开这文化氛围的面纱，土家族鲜明的民族心理、民族精神和民族性格便跃然而出了。

第九章　鄂西土家族传统情歌

一、源远流长话情歌

太阳落土西山黄，
犀牛望月姐望郎。
犀牛望月归大海，
姐望情郎归绣房。
梦里也盼人成双！

这是流行在清江流域的一首土家族五句子传统情歌。它表达了青年男女对爱情生活的向往和追求，感情真挚，格调健康，比喻巧妙，语言活泼，堪称一首脍炙人口的好诗。

这只是鄂西千万首优美的土家族五句子传统情歌中的一首。

崇山峻岭、重岩叠嶂，把鄂西山区装扮得格外神奇、俏丽。鄂西山区蕴藏着取之不尽的民间文学艺术珍宝。它好像一座五彩缤纷的花园，情歌，就是花园中的一朵奇葩。

“五句子山歌五句多，堆成山来流成河”。走进鄂西山区，就像投身到浩瀚的歌海，注入这歌海的是滔滔的历史长河。

人们素称这里是“诗歌之乡”、“情歌之乡”，自然使人联想到出生在鄂西秭归的伟大诗人屈原。他的《楚辞》，就是植根于民歌的作品。直到今天，民间还流传着屈原采风的美好故事。据说屈原小时读书，仙姑授以《楚声》，得到“真诗乃在民间”的秘诀。由此，屈原深入到劳动人民中间去，采集民歌俚曲，整理吟诵。以后屈原“书楚语”，“作楚声”，写出光辉灿烂的《楚辞》。到了唐代中页，巴山楚水一带开始流行“竹枝词”。唐代诗人刘禹锡谪居湘沅时，根据本于巴山楚水的民间“竹枝”，“依骚人九歌作竹枝新辞”，流传至今。由于刘禹锡等人赞赏巴山楚水之间的民间歌谣，摹以其创作，促进了词体的形成(周勋初《中国文学批评小史》)。清代鄂西土家族著名诗人田泰斗和彭秋潭，所作《五峰竹枝词》与《长阳竹枝词》，采集于民间歌谣，反映民间习俗风情，堪称竹枝之精华，为后世吟诵。有的竹枝词还直接反映了土家族民风民俗的情景：如女子出嫁的前一日，要“刷眉”、“开脸”、“陪十姊妹”，唱“陪十姊妹歌”。田泰斗竹枝词唱到：“新梳高髻学簪花，姣泪盈盈洒碧纱，阿母今天陪远客，当筵十个女儿家。”可见，鄂西作为“诗歌之乡”，不仅历史悠久，而且对我国文学，特别是诗歌发展也产生了重要的影响。

我们还可以从鄂西社会演变的情况来考察历史对民歌发展的影响。鄂西，是古代巴人的发祥地之一。据历史考证，鄂西土家族是巴人的后裔。大约在周代以前，鄂西山区以巴族为主。历史上，巴族人民不但性格豪放，而且能歌善舞，以质朴粗犷的巴人音乐闻名于世。我们可以从史书上看到很多关于“巴人好歌”(《湖北通志》二十一卷)的记载。先辈们用歌舞振军威，激励将士们骁勇作战，用打锣鼓、唱山歌、田歌来鼓劲助兴。另外，日出而唱，日落而息的劳作习俗沿袭至今。唱歌，是鄂西人民生活中不可缺少的内容。

“无粮无釉不成酒，无姐无郎不成歌”。爱情，是民歌中最古老、最普遍的主题。在数以万计的鄂西民歌中，大部分是情歌。鄂西古代社会中，由于生存环境的恶劣，青年男女共同艰苦劳动以维持生计，交往的相对自由等原因造成了婚姻制度的相对自由，成为鄂西情歌历史悠久和发达繁荣的先决条件。以歌为媒，以歌相识，以歌传情，男女青年“恋爱和婚姻比较自由，往往在唱歌跳舞时，彼此爱慕，得到许可，即可订婚结婚。”(《中国少数民族》)现在民间尚存的歌舞“耍耍”，最初就是少男少女相互求爱的一种形式。以后，尽管婚姻制度逐渐地变得不自由，但自由恋爱的形式由公开转向隐蔽，顽强地存在着，情歌也得到相应的发展。

五句子情歌是鄂西情歌的主要形式。在数千年的历史进程中，鄂西地区的民族成分发生了复杂变化。各民族间的政治、经济、文化的交流，使鄂西土家族五句子情歌在内容和形式上不断得到革新和完善。一方面，古代巴族的一支以鄂西为中心，向四方扩展、迁徙。另一方面，中原地带和长江中下游各民族兄弟(主要是汉族)也不断向鄂西地区迁入。特别是清政府推行改土归流，废除“汉不入峒，蛮不出境”的民族隔离政策之后，各民族间的迁徙更加自由频繁。山区居民成分不断得到改变，相互之间的政治、经济、文化的交流促进了山区的开化。土著民族所喜爱的情歌也受到深刻影响。从形式上看，现今流传下来的鄂西情歌的主要形式“五句子歌”，最早就出现在明代冯梦龙收编的《山歌》里，当时称之为“桐城时兴歌”。如一首《送郎》歌唱到：“郎上孤舟妾倚楼，东风吹水送行舟。老天若有留郎意，一夜西风水倒流。五拜拈香三叩头。”从内容上看，由于社会形态的逐步变化，爱情方式、婚姻制度和习俗不断发生演变，情歌内容也日益深刻和丰富多彩。它从多方面反映出劳动人民的爱情生活和精神风貌，具有深刻的社会历史内容。封建统治的不断加强和封建礼教的逐步完备，与土著民族较自由的婚姻恋爱产生了尖锐矛盾，鄂西情歌愈来愈触犯了封建统治，作为与封建统治的支柱——封建礼教的对抗而存在。正因为这样，它历来又受封建统治者、土司头人的摧残和封建文人的冷遇，统治者视情歌为洪水猛兽，认为情歌“伤风败俗”，屡屡下令禁止，如湖北省恩施土家族苗族自治州来凤县的一首山歌唱道："大户人家子女多，穷家儿女莫唱歌，记得那年唱一首，狼牙棒棒赶上坡。"可是，人民的歌声是压制不了的。"铜锁铁锁响叮当，难锁歌手嘴一张！""水在山间溪中淌，歌在我的心上流。"千百年来霜打雪压，不但没有使穷乡僻壤的情歌销声匿迹，反而随着历史的长河奔流在人民的心田，代代相传，有盛无衰。几千年来，勇敢勤劳的鄂西人民不断开拓广阔肥美的土地，同时，在劳动和生活中创造了丰富优美的民间情歌。鄂西五句子情歌像一丛丛永不凋谢的山花盛开着，像无数颗明亮的星星闪耀着，成为鄂西民间文化中最宝贵的财富。

二、形神情韵总相通

明代山歌中的情歌在我国古代的民间情歌中堪称佳作。当朝文人冯梦龙将其精品结成《山歌》和《挂枝儿》两个集子。鄂西土家族五句子情歌在西南少数民族地区的民歌中独树一帜，影响深远，久盛不衰。在研究鄂西土家族五句子情歌时，与明朝山歌中的情歌相对照，发现两者有很多共同的地方，不仅立意相同，而且形神相似，情韵相通。

（一）立意相同

明代山歌《满人》：

搭识子私情雪里来，屋边头个脚迹有人猜。三个铜钱买双草鞋里情哥郎颠倒着，只猜去子弗猜来。

又《避嫌》：

昨夜期郎雪里来，窗前头又更几个脚迹以怕外人猜。姐道：郎只苦三个铜钱买双草鞋颠倒着，只猜你去弗猜来。

鄂西土家族五句子情歌《姐儿住在对门岩》：

姐儿住在对门岩，天阴下雨你莫来。打湿衣裳犹是可，踩了脚迹有人猜，无的说出有的来。

不怕山高壁陡岩，天阴下雨我要来。我把鞋子倒穿起，只见人去不见来，神仙下凡也难猜。

又《二姐坐在滴水岩》：

二姐坐在滴水岩，天晴下雨你莫来。来的脚迹有人惦，去的脚迹有人猜，无的说出有的来。

二姐坐在滴水岩，天晴下雨我要来。来把鞋子倒穿起，去把鞋子抱在怀，神仙下凡也难猜。

上面六首情歌都是围绕"脚迹"构思，用倒穿鞋子巧妙掩饰私情，立意相同。依稀可见鄂西土家族五句子情歌受到明代吴越山歌的影响。只是明代山歌曲调婉转，节奏多变，鄂西土家族五句子情歌经过改造加工，变得结构匀称，句式划一，表达思想感情比明代山歌更加爽朗明快，又把独唱改为对唱，所表达的内容更显示出反抗的力量，具有鄂西土家族五句子情歌自己的特色了。

(二)形神相似

明代山歌《泥人》：

泥人儿，好一似咱两个，捏一个你，塑一个我，看两下里如何？将他来揉合了重新做，重捏一个你，重塑一个我，我身上有你也，你身上有了我。

又《锁南枝》：

傻俊哥，我的哥，和块黄泥捏咱俩个。捏一个儿你，捏一个儿我，捏的来一似活脱，捏的来同床歇卧。将泥人儿摔碎，再捏一个你，再捏一个我。哥哥身上也有妹妹，妹妹身上也有哥哥。

鄂西土家族五句子情歌《欠郎欠得过不得》：

欠郎欠得过不得，捏一个泥人伴姐歇，放在脚头冰冰冷，抱在怀里不发热，几口吃哒还好些。

这三首情歌都是通过捏泥人的形神表现出爱情相思的情态，痴情的神态新颖别致而又活脱脱地表现出来，爱意深深，相思切切。

(三)情韵相通

明代山歌《描真》：

碧纱窗下描郎像，描一笔，画一笔，想着才郎。描不成，画不就，添惆怅。描只描你风流态，描只描你可意庞，描不出你温存也，停着笔儿想。

鄂西土家族五句子情歌《人是假来情是真》：

欠郎欠得心里疼，手提画笔描影身，影身挂在红罗帐，夜夜与他来叙情，人是假来情是真。

这两首情歌都是通过描像来抒发一位女子对自己钟爱的情人的相思情态，韵味深长。展现在我们面前的都是一位因分离而痛苦万分、忧怨满面的痴情女子形象，欲求一见情郎，但隔着重重障碍而不可得，画影身以解愁思、惆怅之情。见影身如见人，但没有温存，只有思念的痛苦。画影身意欲与之倾诉衷肠，纯属想入非非，不仅不能解愁反倒添忧，情绵绵，苦味尽出，动人心弦，碎人肝胆。

明代山歌与鄂西土家族五句子情歌不仅有上述共同的地方，更令人惊异的是，明代山歌中也有地地道道的五句子歌。如《秋千》：

姐在架上打秋千，郎在地下把丝牵。姐把脚儿高跷起，待郎双手送近前，牵引魂灵飞上天。

《素帕》：

不写情词不写诗，一方素帕寄心知。心知接了颠倒看，横也丝来竖也丝，这般心事有谁知？

《送郎》：

送郎送到五里墩，再送五里当一程。本待送郎三十里，鞋弓袜小步难行，断肠人送断肠人。

这些典型的五句子歌，足以证明五句子歌源远流长。从现在的材料来看，五句子歌的集中产地，无疑是鄂西土家族地区，它在土家族儿女的珍爱和精心锤炼下，得到了最充分最完美的发展和最久远的传承。我们从对明代山歌与鄂西土家族五句子情歌的对比欣赏中可以看出一些土家族和汉族文化交流的影子，这些相同、相似与相通的地方绝不是一种巧合，而是一种交流融合的产物。内容和艺术上反映出的共同特点是：表现男女爱情的民歌共同富有民主精神，要求挣脱封建枷锁，要求获得个人解放和自由；宣扬人民需要的道德、伦理观念及与之相适应的审美趣味和观点。这些优美诗篇思想健康、真挚感人、质朴可爱，直接讴歌健康、纯真的爱情，而且朗朗上口，韵味深长，确是同时代文人诗作难以企及的。

三、情洒歌中最动人

上坡不急慢慢悠，
爱姐不急慢慢逗。
有朝一日逗到手，
生不丢来死不丢，
除非阎王把命勾。

这首情歌，写一个青年男子爱上了他所心爱的女子，抱着“生不丢来死不丢”的一片诚心执着地追求，表现了对爱情的忠诚和坚贞。

鄂西五句子情歌思想内容的第一个特点，就是充分地表现出青年对爱情生活的热烈追求。

从《上坡不急慢慢悠》这首情歌，使我们联想到《诗经》的开篇之作《关雎》：“关关雎鸠，在河之洲，窈窕淑女，君子好逑……”。这首诗歌唱一个青年男子爱上了一位温柔美丽的姑娘，时刻思慕并渴望同她结为情侣。透过这两首时代不同、地域各异的情歌，可以了解到自古以来，劳动人民对美好爱情生活的追求。

生活在鄂西山区的男女青年，勤劳朴实。农家女子不像大家闺秀长期被禁闭在深闺小院，而是“男女杂作，勤耕稼”、“俱力农如男子”(《湖北通志》第二十卷)。他们的劳作又不像平原地区那样有“男耕女织”的分工，女子所从事的劳作诸如栽秧、薅草、采茶，均为男子所不及。特有的劳动方式和习惯，让男女得以广泛地接触，劳动之间的交往和大自然的陶冶，促使他们相互了解，产生爱慕之情。热烈的向往，执着的追求，往往通过对歌表露出来：

……

我唱山歌情姐接，
你一板来我一腔，
歌如流水人成双。

……

唱歌如说知心话，
唱得你心合我心，
五句子山歌是媒人。

“情歌出自人心窝”。青年男女所追求的是“歌如流水人成双”、“唱得你心合我心”、“夫唱妻随过一生”的美满爱情生活，热望建立美满幸福的家庭，反映了鄂西土著民族早期的婚姻特点。青年男女在自由恋爱的过程中，相从而歌，通过赠物、幽会、嬉戏等形式以及离别的相思来表达相爱之情：

青布鞋儿绿沿边，
双手捧在郎面前，
莫嫌奴家针线丑，
一针一针用线穿，
这是奴家心一片。

下了杭州下苏州，
买条汗巾姐收留，
白日不许姐揩汗。
夜晚不许姐搭头，
相送姐儿洗忧愁。

充分地表现出劳动青年纯洁健康的恋爱观点和质朴的审美情操，是鄂西五句子情歌思想特点之二。

首先，我们注意到，青年男女在表达相互爱慕和选择配偶时，强调以勤劳朴实作为爱情的基础。

一把扇子两面花，
情哥爱我我爱他。
我爱情哥会种田，
情哥爱我一枝花。
……

高山姐儿低山来，
破衣烂衫破草鞋。
衣衫破了人才好，
鞋子破了脚不歪，
凉伞破了梗子在。

鄂西山区自然条件较差，生产方式落后粗糙。“银钏金钗来负水，长刀短里去烧畲”，共同劳动才能维持生计，“我爱情哥会种田”，“情哥爱姐劳动手”，自然成为男女选择对象的重要标准，姑娘心中理想的爱人不是游手好闲的花花公子，而是可以做终身依靠的男子汉。有一首情歌这样唱道："太阳出来晒山坡，鸳鸯枕上劝情哥。一劝情哥莫贪酒，二劝情哥莫赌博，存几个银钱来娶我。"男子爱的也不是纤纤小手、三寸金莲，他们的爱情总是同劳动紧紧地联系在一起。

其次，男女相爱，强调基础在于"情"，而不在金钱势利，郎才女貌。

小小鱼儿紫红腮，
下水游到上水来，
游过百张金丝网，
躲过千竿钓鱼钩，
情哥钓我我上来。

这首情歌暗喻一个女子在择偶的过程中，千挑万选，只有碰到"情哥"才肯以身相许。这种"情"，不是水性杨花，而是相亲相爱，白头偕老。这种感情，显然不是从金钱、势利中所能得到的。请听：

茅草开花白绒绒，
劝姐莫嫌哥哥穷，
有钱未必有恩爱，
无钱哥儿心更忠，
水里荷花照样红。

旧社会，有钱有势的只能是财主土豪，他们只知道蹂躏压迫妇女，哪里懂得什么爱情？劳动人民在劳动中同甘共苦、相依为命，相互爱慕而又相互尊重。他们不沉醉于轻薄嬉戏，狂热追逐，为了长久幸福，常常互相规劝：

双手搭在郎的肩，
轻言细语把郎劝，
莫把田园荒芜了，
莫把采花当种田，
饿肚子难进姐花园。

这一首劝郎不要迷恋“采花”，要把劳动当作根本，好似一对有情人在小溪边，姐劝郎爱情不在于一朝一夕的恩爱，而在于长期幸福的夫妻生活，词切情真，如涓涓细流沁人心田。

这些情歌，从各个方面表明了鄂西劳动人民高尚的爱情生活，反映了劳动人民的生活情趣和美学观念。

表现对爱情的坚贞不渝以及同封建统治者、封建礼教进行抗争是鄂西五句子情歌的思想内容特点之三。

随着封建经济的发展，鄂西少数民族的婚姻逐步受到财产的限制和父母媒妁的约束，自由婚姻逐步被买卖婚姻或变相买卖婚姻所代替，劳动人民的审美观念往往不能付诸现实。封建社会给劳动人民造成的爱情婚姻悲剧与劳动人民的追求产生尖锐对立。青年男女往往采取各种抗争方式，有的以死殉情，有的双双逃往深山老林……因而，情歌便自然地成为与封建制度相对抗的起誓之歌、怨恨之歌、抗争之歌，不仅表现为对自由爱情的追求坚贞不渝，更重要的表现为对封建制度和封建礼教的挣扎反抗。我们从这些歌声中，了解到劳动人民为争取自由婚姻，世世代代都在进行着反抗和斗争，忠贞不渝的道德情操和坚强不屈的抗争精神使人久久仰慕。

高山顶上一树花，
露水大了压偏丫。

蜜蜂哥哥不来采，
小妹空开一树花，
一怨爹娘二怨他。

我同情哥住一堆，
门也当来户也对。
早晨看见哥儿笑，
黑哒看见哥流泪，
中间只差人做媒。

女子正当怀春之际，渴望爱情，却受到父母的支配。一对情人朝夕相处，彼此相爱，却难成眷属。两个“怨”字，表现出他们的不满，一个“笑”和一个“泪”字，道出了爱情，也道出他们获得自由爱情的鸿沟。透过这两首歌，隐隐看到他们的苦楚与怨恨。

这山望见那山尖，
一对画眉隔两边，
几时能在一处叫？
几时能在一笼关？
几时老天能开眼！

十七十八打单身，
要与阎王把理评，
我打单身一个人，
阎王做事不公平！

阶级社会，尽管婚姻制度由落后的群婚制进步为一夫一妻制，鄂西社会中的封建头人、土司、豪绅却可以凭借自己所占有的财产和权利，任意霸占妇女，妻妾盈室。不仅如此，土司头人还对贫苦农民的妻子享有“初夜权”，处于最底层的劳动人民经年劳苦，无力娶妻，出现了许多终身不娶的悲剧。劳动人民对这种不合理的社会从内心发出强烈控诉，并逐步认识到造成种种悲剧的根源是吃人的“阎王”、不公平的“老天”，显然他们已经把矛头指向整个不合理的封建制度和封建社会的上等人，敢于对旧秩序大胆怀疑与否定。

青年们为了得到自由爱情，他们“要与阎王把理评”，敢于做叛逆者，做冲破礼教牢笼追求自由爱情的勇士，我们所听到的就是一种抗争的歌了：

姐儿今年十七八，
刚长成人未出嫁。
媒人踏破铁门槛，
不是赶来就是骂，
姐儿要自己找婆家！

一把扇子两面黄，
心想娶姐不怕难。
不怕人穷钱财少，
不怕衙门不怕官，
只要情姐她心愿！

包办婚姻、买卖婚姻、童养媳、指腹为亲等婚姻制度和习俗给无数青年造成悲剧，多少“十八姐儿九岁郎”、“丈夫头发白如霜，能做爹爹难做郎”的痛苦遭遇，使男女青年认识到婚姻大事非比寻常。“终身大事误一时，百年够吃黄连苦”，只有自己做主，只有斗争，才能得到幸福。他们才能够做到“衙门链子九尺九，锁郎颈项锁妹手，哪怕官家王法大，出了衙门手牵手，生生死死永不丢”！才敢于“不怕衙门不怕官，不怕媒人把我缠，婚姻大事自主张”！

鄂西五句子传统情歌中，反对“父母之命”、“媒妁之言”，蔑视金钱富贵，反对丈夫公婆虐待，寡妇再嫁争取自由等方面的歌，比比皆是。这些情歌所表现的主题深刻地反映了时代精神，青年们为追求爱情自由，不但敢于把爱情自由提到一定高度，蔑视封建礼教，而且敢于反对残酷的封建统治，因而鄂西五句子情歌带有强烈的思想解放色彩。

青年男女在这些颂扬自由、恋情、怨恨以及抗争的歌声中，情感大胆、热烈、真挚、深沉，情操纯洁、坚贞、高尚、完美。这些优美的情歌，并非单是男女相悦之辞、谈情言爱之物，它有着重要的社会价值和认识价值，深刻地反映了在阶级社会里严重存在的恋爱问题、婚姻问题。研究这些情歌，我们可以加深对封建压迫的残酷性和礼教的吃人本质的认识，加深对劳动人民的悲苦命运以及他们与命运抗争的斗争性、反抗性和革命性的理解，因而能感人肺腑，扣人心弦，耐人品味。这就是鄂西土家族五句子传统情歌在思想内容上的主要特色。

四、有情有爱才相思

无论哪个民族的情歌，相思歌都占着很大的分量。相思歌，顾名思义，是相亲相爱的男女表达离愁别绪和思念情怀的情歌。生活在鄂西山区的土家族劳动人民在生产力水平低下的旧社会里，迫于生计，男子出门当长工，打短工，远路赶脚(当“背脚子”)这类事相当普遍，这就造成了情人或夫妻之间的暂时离别。又由于土家族封建社会中婚姻的封建束缚与男女交往的相对自由这种矛盾现象长期存在，有情人常常眷属难成，只能用相思来表达苦楚的情思，等等。于是，表现离别苦楚和思念痛切的情歌也就大量地产生出来了。随着相思歌传唱的深入与普及，在相对自由的社会生活中，情歌的逗情、传情、调情以及娱乐作用便以相思歌最为动人，这样，鄂西土家族传统情歌中相思歌就生动地再现着土著民族的男女风情，从这种意义上来说，相思歌就有着各种不同的类型了。

(一)思念苦情型

这类相思歌所表现的是苦楚离别的痛苦思念。

下了杭州到苏州，
买条汗巾姐收留，
白日不许姐揩汗，
夜晚不许姐搭头，
相送情姐洗忧愁。

这里，以物寄情，汗巾、绣花鞋、绣花荷包、金银镯子之类都是定情和寄托相思的信物。鄂西山区的经济形态是以农业为主，生活日用品的交换形式主要是靠外来的货郎担和乡土的“背脚子”从较发达的地区肩挑背驮运输以及走乡串户以钱换物、以物换物。物资的交换带来了精神交流，情哥情姐产生了，离别相思产生了。情哥常年跋涉外乡，很难会上一面，情哥情妹(姐)就互相赠送寄托思念的信物，汗巾就是一种。送物寄情，睹物思情，相思情深，有情有爱，于是产生更加急切的思念：

高山顶上一树桑，
手攀桑树望情郎。
一双眼睛望穿了，
望到落叶树打霜，

不知情郎在哪方？

情人之间，每当短暂相聚，又要分别时，唱出离别相思的歌来就更加苦楚：

送郎送到大桥头，
手扶栏杆望水流，
就怕哥心像流水，
流到东海不回头，
丢下小妹守空楼。

这类相思歌，恰切地表达了钟情女子送情郎上路时那种难舍难分的深厚感情，更担心情哥别后丢下情妹的惶惶之情，也从另一个侧面反映出当时社会女子在爱情中地位不稳定的现实。

深沉的精神压抑迸发出深沉的爱与恨，表现出痴情总是女子多的现实。所以这类相思歌也是痴女怨歌多。别后的思念，有的深沉，有的痛苦，有的是幻境的再现，有的是痴心的想象，如：

吃了中饭闷沉沉，
黄连树下去弹琴，
三年不见郎的面，
心中有苦吐苦音，
老天折磨有情人。

情节亲手做双鞋，
皮纸包起等郎来，
前门站成一个坑，

后门踩得像条街，
情哥几时来穿鞋？

那痴心的想象就是更动人的相思了：

姐在房中绣香袋，
屋上掉下蜘蛛来。
情哥派它来牵线，
根根情丝吐出怀，
魂魄来了人未来。

（二）调情型

封建社会鄂西土家族青年男女之间婚姻有相对的自由。青年男女以及村男村姑由于婚、丧、嫁、娶等红白喜事常有聚集在一起的机会，以歌调情而达到嬉笑怒骂以至男欢女爱、相好偷情的效果，相思歌就成了一种调情的歌了。如：

栀子开花瓣瓣儿长，
问姐想郎不想郎？
豇豆开花纽上纽，
豌豆开花双对双，
哪有姐儿不想郎？

郎在高山摘白果，
姐在树下裹小脚。
摘个白果打姐手，

摘个白果打姐脚，
问姐想我不想我？

板栗开花一根索，
望见花开想情哥，
日里想哥吃不得，
夜里想哥睡不着，
床上无人暖被窝。

男儿的挑逗，女子的直率，一唱一对，一拍即合，有的是唱笑怒骂，有的是逗得性起，用歌儿暗送秋波，直至约定在月下偷情，成为“露水夫妻”，反映出有的男女性关系随意以至混乱的客观风俗。这种相思歌所表达的就不一定是真情实爱了。

（三）娱乐型

这种相思歌具有同劳动生活中的山歌一样的功能。随着劳动的节奏，男女对歌，信口唱来，以减轻在劳动中所带来的疲劳。这些信口唱来的歌儿内容虽然是苦情型、思恋型、逗情型，但所产生的效果就是娱乐了。这不仅是相思歌的一个特色，也是整个鄂西土家族传统情歌的一个特色。这种娱乐型的相思歌往往又是用极度夸张的歌词来表达，越夸张，越是有娱乐的效果。如：

太阳落土四山荫，
海底龙王翻了身。
黄龙翻身三天雨，
青龙翻身三天晴，
姐儿翻身想情人。

太阳出山照白岩，
姐睡牙床起不来。
去年相思还没好，
今年又把相思害，
恨不得挑起相思卖！

五、真情道德感天地

鄂西土家族五句子传统情歌是劳动人民的情歌。漫长的社会历史过程中特别是封建社会里，五句子情歌所表现的劳动人民爱情婚姻生活中的传统美德具有摇人心旌的魅力，对封建道德的大胆否定同对自由、平等的婚姻生活的向往追求淋漓尽致，不仅艺术地再现了人们在爱情、婚姻问题上的道德关系和道德风貌，而且通过情歌对人们的思想情操、道德观念有重大的教育和感化作用。

十八姐儿九岁郎，
夜夜要我抱上床，
不是看在公婆面，
一脚把他踢下床，
他做儿子我做娘！

婆婆听了忙开言，
你还带他两三年，
他是竹园金竹笋，
转眼就是竹一竿，

长大与你配姻缘。

媳妇听了这句话，
跳起脚把公婆骂，
年有几个春三月？
人有几个十七八？
宁死不愿守活寡！

这三首五句子歌通过媳妇与婆婆的对唱，家庭与婚姻各方面的现实关系生动逼真地表现出来，勾画出鄂西山区在封建时代的一幅婚姻生活画面。

婚姻是构成人类生活的一个重要方面。封建时代的鄂西社会，各种富有民族特征的自由婚姻形态，逐步为父母之命、媒妁之言所代替。男尊女卑、男主女从、三从四德等封建地主阶级的家庭、婚姻道德观，逐步占有了主导地位。劳动人民对维护封建阶级利益的宗法制度、婚姻制度缺乏反抗力，也就产生了开篇举出的三首五句子情歌反映出来的土家族男女青年普遍遭遇的残酷婚姻现实。

但是，鄂西山区在从原始社会发展到封建领主经济政治制度的社会过程中，在许多地方仍然保持相对自由的婚姻形态，加上土家族人民又具有粗犷、豪放的性格和较为自由的交往天地，勤劳朴实的农家女子“纺绩室中，盍饷野外，负篓于背，上山采薪，下田薅草”(王协梦修《施南府志》)，青年男女通过在社会劳动中广泛接触，加深了解，产生爱慕之情。这种基于一定劳动生活基础所产生的爱情，体现出一种男女权利统一的原则和爱情与婚姻统一、婚姻与幸福统一的爱情婚姻道德观，成为青年所追求的一个婚姻道德理想的基本问题，具有深刻的道德意义。这种追求婚姻与幸福统一的情歌，在鄂西土家族五句子传统情歌中俯拾皆是：

昨日与姐同过沟，
二人低头看水流，
郎说一锄挖个井，
姐说细水放长流，
恩爱日子在后头。

他们低首挨肩，依偎细语，共同编织着恩爱幸福的日子。

柑子树，柑子叶，
柑子好吃树上结。
日里跟着干哥走，
夜里跟着干妹歇，
干哥干妹离不得。

相亲相爱的一对儿，活脱脱的，甜蜜蜜的，令人神往的幸福憧憬。

升子枕头肚里空，
远处找姐耽误工。
就在跟前找一个，
挖土薅草把田共，
早不相逢晚相逢。

高山高岭又高岩，
你若想姐请过来。
不怕你的嘴巴巧，
家财万贯我不爱，

我爱郎君好人材。

这类情歌表现出一种强烈的情感共鸣。这种共鸣是爱情必不可少的。没有共鸣就不会有亲切的感受，不会有真正的幸福。黑格尔说："爱情里确有一种高尚的品质，……显示出一种本身丰富的高尚优美的心灵，要求以生动活泼勇敢和牺牲的精神与另一个人达到统一。"这种统一，本质是爱情与幸福的统一。由于在劳动与生活交往中产生了爱情，又很难成为婚姻现实，于是产生了许许多多的相思歌：

欠郎欠得心里慌，
把郎画在枕头上，
翻身过来把郎喊，
翻身过去喊声郎，
一夜喊到大天亮。

桃子没有李子圆，
郎口没有姐口甜，
前年六月亲个嘴，
今年六月还在甜，
新旧甜了两三年。

欠郎欠得过不得，
捏个泥人伴姐歇，
放在脚头冰冰冷，
抱在怀里不发热，
几口吃哒还好些。

思郎想郎门前站，
眼泪流了千千万，
掉在地上捡不起，
一颗一颗用线穿，
情郎回来给他看。

前两首情歌情之所至，感人至深，真正是爱得愈深，情动愈烈。后两首寄相思情愁于丰富奇特的想象，爱得执著，爱得忠实，沉入相思愁海的少女如在眼前。

可是，吃人的封建礼教和婚姻道德是不会允许这种爱情合法存在的。青年男女对于婚姻、爱情、幸福的追求在很大程度上不过是一种虚幻，青年男女所希望的爱情最终表现形式也只能是冒险的幽会、偷情、刮骨剜心的相思，婚姻的主宰仍然不会是自己：

情哥与姐门对门，
看到姐儿长成人，
托个媒人把姐讨，
狠心爹妈不允亲，
不恨媒人恨富人！

尽管如此，青年男女特别是女子仍在拼命地挣扎，不愿使自己的婚姻变成悲剧，企图反抗、叛逆，她们要把握自己的命运：

油菜花开一片黄，
嫁到婆家骂爹娘，
你贪钱财害了我，
丈夫头发白如霜，

能做爹爹难做郎。

姐儿今年十七八，
刚长成人未出嫁，
媒人踏破铁门槛，
不是赶来就是骂，
姐儿要自己找婆家！

鄂西土家族青年从社会生活中逐渐形成了自己的婚姻理想，他们按照这种理想去感受生活、认识生活，去理解幸福、谋求幸福，这种渴望和追求一旦受到障碍或压抑，爱情就会表现出自我牺牲的精神和巨大的道德力量。上面两首五句子歌，前一首是婚后的控诉，后一首是婚前的反抗，把青年男女的渴望、反抗和残酷的现实融为一体，烘托了他们追求爱情与婚姻统一的道德理想。正是这种道德理想的支配，青年女子自己选择终身伴侣的要求愈来愈强烈：

娘叫女儿你听话，
一年小来两年大，
饿了蒿子也饱肚，
口干冷水也当茶，
是个男人就出嫁。

女儿怨娘发了昏，
洗脸端起米汤盆，
凤凰只落梧桐树，
老鸦才落黑松林，
宁做尼姑不嫁人。

考察鄂西土家族五句子传统情歌，可以领略到土家族青年男女渴望爱情的自由情怀，体味带着明显的原始婚姻特点的男追女逐的爱情欢趣，其中相当一部分则是反映封建伦理道德桎梏给妇女造成的婚姻悲剧以及歌颂他们忠贞不渝的爱情追求。

改土归流以后，封建礼教得到强化，如鹤峰州第一任知州毛峻德所发布的禁令中规定的闺门之教，指责旧日民间子女，男女混杂，廉耻不顾。规定不准女子与男子同坐，以礼约其身。至于选婿，由祖父母、父母主持，不问女子愿意与否，或女子无耻，口称不愿，不妨依法决罚。对女子婚姻，一旦聘定，终身莫改。这完全是用男女授受不亲，婚姻的父母之命、媒妁之言以及从一而终的节操观等封建道德强加给土家族人民，奴役着被压迫阶层，达到消灭“异类”的目的。

柏木板凳四脚齐，
姐与情哥挨一起，
今日与郎同凳坐，
明日嫁到婆家去，
马背金鞍别人骑。

这是一对情侣在婚前离别的痛苦情景，如泣如诉。不论感情如何深厚，吃人的道德使青年男女对婚姻几乎没有选择的自由权利。他们只能遵从父母之命，逆来顺受，任人摆布，嫁鸡随鸡嫁狗随狗，从一而终。婚前无爱情基础，婚后无幸福可言。

与从一而终、逆来顺受形成鲜明对照，忠贞不渝是建立在否定封建婚姻道德观，以真情真爱为基础的进步道德观念。在婚姻道德生活中，青年男女道德行为的选择成为一种有意识的、有目的的选择。这种目的、这种选择在封建社会中不能也无法成为普遍现实，但它毕竟是一种选择，一种抗争，实际上是争取社会平等与家庭幸福同维护封建道德与利益的抗争。他们对黑暗婚姻的强烈诅咒，对从一而终的封建道德的大胆否定，真正令那些封建卫道士们瞠目结舌。

月儿弯弯一把梳，
冤家不爱亲丈夫，
只盼丈夫早些死，
飞出牢笼把郎呼！
……

这首歌表达了不顾社会与家庭的控制，蔑视礼教的束缚，敢于直面严酷的现实，敢于打破从一而终的桎梏，珍惜爱情的坚贞不屈的精神。反映出他们在争取人的地位、权利的过程中，首要的是在爱情问题上获得自由和自主。

姐在屋里打嫁妆，
叫声情哥你莫慌，
奴家带把铁扫帚，
嫁到婆家一扫光，
扫光婆家再嫁郎。

旧道德观念的否定和新观念的确立使男女相爱、男婚女嫁达到社会和个体相统一，是一种深厚诚挚的伦理道德感情，注入这种伦理思想的爱情，渗透着彼此依赖、踏实可靠的情感。

昨日与姐同过桥，
问姐木桥牢不牢，

两头安的公母榫，
中间铺的杉木条，
任你走来任你摇。

忠贞不渝的爱情来自不渝的追求，来自无所顾忌的抗争：

衙门链子九尺九，
郎锁颈项妹锁手，
哪怕官家王法大，
出了衙门手牵手，
生生死死永不丢！

一个“锁”字，你可以从中领略到鄂西土家族男女青年寻求爱情的艰辛，一旦他们自己定下了终身，就把它同生与死看得一样重，什么都置之度外了。没有一种持久的精神和崭新的道德观念的支撑是难以想象的。

正是这种忠贞不渝的道德思想支配，生活中情侣们又创作出不同侧面的饶有兴味的情歌来：

劝郎莫进姐家楼，
爹妈晓得要砍头。
他要砍头让他砍，
还有一双脚和手，
拄起棍棒姐家走。

情哥爱姐爱得真，
吃了秤砣铁了心，

捞把锄头挖姐路，
栽莞棘刺拦姐门，
姐门不许别人进。

吃了秤砣铁了心的爱恋是不容许任何人侵犯的。风趣、严肃、逼真，衬托出忠贞不渝的道德力量。

麻雀跳进喜鹊窝，
劝姐莫唱反情歌，
男的反情短阳寿，
女的反情寡妇多，
雷打火烧无处躲！

这些情歌通过对背叛爱情的讽刺和诅咒反衬出男女青年对忠贞不渝爱情的追求。这种是与非的选择，忠贞与不忠贞的对照，透露出青年男女的崭新的爱情道德观念。

鄂西土家族五句子传统情歌所表现出婚姻家庭方面的伦理道德是多层次的。这些情歌把爱情、婚姻、家庭、生活、愿望编织进去，口耳相传，历世不衰。但从总体上看，这些情歌大多是同一阶层的恋歌——主要是农民阶层。所表现出的伦理思想和道德内容的主流是揭露和反抗封建婚姻道德，向往和追求一种新的伦理道德观念和这种伦理道德观念支配下的婚姻、家庭生活。从根本上说，就是表现出在封建社会中受压迫阶级的理想人格，要求社会平等是该阶层最基本的道德原则。这在农民不能主宰自身命运的封建宗法制度统治着的社会里无疑是先进的、高尚的。正是这种高尚的伦理道德与处于统治地位的封建伦理道德交错在一起，构成了鄂西社会生活特别是恋爱、婚姻生活的重要特点。这种高尚的伦理道德之所以能够存在，是有其政治和经济基础的。也就是说，有其适应性和生命力。

爱情、婚姻、家庭中的道德伦理观念是在一定历史条件下产生和发展的。前面所举出的改土归流之后鹤峰州第一任知州毛峻德发布的禁令，就大大地加深了土家族婚姻制度的封建化程度，媒妁之言、三从四德、从一而终等封建婚姻、家庭道德观对土家族劳动人民是一种严重的束缚。阶级社会里，爱情、婚姻、家庭既受着统治阶级道德的制约和影响，同时又具有各自的特殊内容和形式，形成阶级道德发展的具体类型和特殊内容，并从不同方面影响着个人的道德意识和道德行为。土家族是我国最具有悠久历史的民族之一，它经历过漫长的原始社会阶段，经历过漫长的封建领主和地主经济占统治地位的历史时期。改土归流之前，土家族以自由婚配为主的婚姻形式延续历史悠久，“土司地处万山之中，凡耕作出入，男女同行，无拘亲疏，道途相遇，不分男女”，以歌为媒，调情言趣，直至相爱定情。

隔河岸边柳叶青，
郎想过河水又深。
甩个岩头试深浅，
唱个歌儿掏姐心，
五句子歌儿当媒人。

郎在山上放早牛，
姐在房中梳早头。
郎在山上招招手，
姐在房中点点头，
情儿意儿在心头。

这些情歌，真实地再现了土家族男女青年婚姻自由的现实，即便是封建领主经济时期，青年男女在婚姻中的自主权重，仍有相当程度。因此，改土归流之后，土家青年男女对婚姻制度的封建化程度加深是不满意的。但改土归流之后仍然保持着封建领主经济时期的不同程度的变异形式，不同的婚姻形式就渗透着不同的甚至对立的伦理道德观念，使之具有存在的土壤条件。

同时，土家族情歌中所表现出的劳动人民追求爱情与幸福统一的伦理道德观，从一而终与忠贞不渝，显示出劳动人民的伦理道德观念对束缚自由的封建道德观的否定。这种否定表现在他们的婚姻生活中，即使婚姻事实违背爱情选择，他们仍然痴情于心上人，不忠于没有爱情的婚姻。

天不怕来地不怕，
痴情姐儿胆子大，
不怕丈夫棍棒打，
不怕公婆天天骂，
只要情哥不变卦。

这是何等的直露、大胆、炽热、忠贞！

另外，一个时代的社会风尚和道德面貌，总是给文艺的变化和发展以重大的影响。我们透过鄂西土家族五句子传统情歌可以真切地领会到这一点。五句子情歌是劳动人民集体创作、口耳相传的，它对人们的思想感情、道德品质起到的重大的教育和感化作用，是文人作品无法比拟的。随着五句子传统情歌的口耳相传，思想观念也自然潜移默化地传承开去。鄂西土家族五句子传统情歌就表现出极强的生命力，其真情道德也具有感天动地的力量。

五句子歌儿五句奇，

上得天来下得地。
上天能逗嫦娥笑，
下海能逗龙王喜。
神仙听了也入迷！

这是歌手们夸耀自己五句子情歌艺术魅力的一首歌。鄂西土家族五句子歌经过千百年来的口头流传和锤炼、改造，艺术上显得十分精湛。独特的结构形式，精巧的艺术构思，优美的诗歌语言，都有极其宝贵的艺术价值。

首先，“五句子歌”的结构形式，具有容量大，表现力强的特点。

流传在鄂西民间的情歌体裁多样，最常见的有山歌、采茶歌、扬歌、对声歌、龙摆尾、穿号子、五句子等，还流传着一些长篇爱情叙事歌。鄂西土家族人民最善于创作、最喜闻乐见的是“五句子歌”。“五句子”成为鄂西情歌的基本形式。

“五句子”的形式最早见于明朝冯梦龙编的《山歌》，鄂西的“五句子”可能受到吴越之地山歌的影响。“五句子歌儿五句奇”，奇就奇在第五句上。有了第五句，不仅使整首情歌容量增大，而且往往是全首歌的“眼”，达到出其不意，画龙点睛，深化主题的效果。五句子歌之奇，还奇在曲调既可以轻松风趣，亦可豪放粗犷；既可抒含蓄婉转之情，似涓涓细流；还能发怨恨激昂之愤，如滔滔江河。因而它能充分表达青年男女相爱而激发出来的悲欢离合的思想感情。我们可以来比较一下：

“四句子”情歌：

高高山上一树槐，
手攀槐树望郎来，
娘问女儿望什么？
我望槐花几时开。

“五句子”情歌：

高高山上一树槐，
手攀槐树望郎来，
娘问女儿望什么？
我望槐花几时开。
几乎说出望郎来。

这是鄂西土家族地区两首同样内容的情歌。通过一“望”一“问”，将怀春女子对爱情的向往和严厉母亲对未婚女儿的防范逼真地表现出来。女儿盼与情哥相会，心情急切，母亲养女教女有规，防范谨慎。母亲从女儿的眼光感觉出女儿的心境。对母亲的问，机灵的女儿顺口答出“我望槐花几时开”，将真情很巧妙地掩饰过去。四句子歌此句作结，固然含蓄，却显得平淡。独“五句子”歌又唱出一句“几乎说出望郎来”，突现出少女的内心活动，使人感到波澜突起。这一句，既表现出她盼郎心切险些失言的神情，又使人联想到失言之后必然引起的不堪设想的后果。“几乎说出望郎来”，乍听起来似觉含趣，少女的机警，使人释然，悬着的心放了下来，另一方面词中含苦，余味无穷。

又如，四句子情歌：

脚踏板凳手爬墙，
两眼睁睁望情郎，
昨日为你挨了打，
虽然挨打不丢郎。

五句子情歌：

十指尖尖手攀墙，
眼泪汪汪告诉郎，
昨日为你遭毒打，
浑身上下都是伤，
舍得皮肉舍不得郎！

这是两首表达女子追求爱情的坚贞之歌。前一首在第四句表现出来，但前三句铺垫不足，感人力量显得不深。后一首把表现坚贞一句放到第五句，前四句全用铺垫，增加一句“浑身上下都是伤”，揭露出封建家法的残忍。但哪怕受了皮肉之苦，女子仍然舍着性命钟爱情人，表现出对礼教的蔑视与反抗，给人一种感奋力量。

我们再就鄂西五句子情歌本身来分析比较：

吃了中饭闷沉沉，
黄连树下去弹琴。
三年不见郎的面，
心中有苦吐苦音，
老天折磨有情人。

前四句把离愁别苦尽皆吐出，第四句即可作结，这样写，仅仅是“吐苦音”而已，显得“闷沉沉”。有了第五句，把悲苦之情全作铺垫，继而是对老天折磨有情人的强烈控诉，使整首歌达到一种极高的境界，显得激昂有力。我们从大量的五句子情歌中分析比较，可以看出第五句有着各种不同的作用。五句子歌的第五句或者是画龙点睛，深化主题；或者像响鼓重锤，更上一层楼；或者是精选比喻，亮人耳目；或者是语言警策，发人深省；或者是翻出新意，锦上添花。

其次，巧妙的艺术构思，是鄂西五句子情歌的另一个重要特色。鄂西人民在生活和劳动中创作情歌，从多方面观察社会和自然界的现象，发现客观事物的特征及其规律，往往借用自己所熟悉而又极寻常的食物来进行联想构思，并把客观事物的个别特征和主观思想联系起来，或阐发一个深刻的道理，或构成完美的、能传达出作者各种复杂感情的艺术形象，或创造优美的意境。这是鄂西五句子情歌在艺术构思上的特点之一。

欠郎欠得心里疼，
手提羊毫画“影身”。
“影身”挂在红罗帐，
夜夜与他来谈心，
人是假来情是真。

情姐亲手做双鞋，
皮纸包起等郎来。
前门站成一个坑，
后门踩成一条街，
情哥几时来穿鞋？

在鄂西社会，自由恋爱被包办买卖婚姻取代以后，青年女子并不甘心自己的爱情婚姻受别人支配，仍有自己选择的对象，无论婚前或婚后，都对自己钟爱的人一往情深。《人是假来情是真》，就是一位女子对自己钟爱的情人相思之情的强烈抒发，作者通过奇特的想象来进行艺术构思，把女子相思的深情表现得细致入微。展现在我们面前的是一个因分离而痛苦万分的妇女形象。“欠郎欠得心里疼”，直言因分离引起的心灵痛苦。欲求一见，但隔着重重障碍而不可得，画“影身”以解愁思、惆怅之情。见“影身”如见人，夜夜与他来倾诉衷肠，纯属想入非非，意欲解愁却只能添忧，情绵绵，词切切，苦味尽出，动人心弦!《情姐亲手做双鞋》又逼真地表现出了一个痴情姐儿的形象，真有深情融化的境界，叫人心醉如痴!

像这类通过想象来构思的情歌很多，又如：

吃了中饭去做鞋，
麻篮里蹦出个蚂蚱来。
抱着蚂蚱亲个嘴，
抱着蚂蚱喊乖乖，
阳魂去了阴魂来。

蚂蚱，是一种极常见的小动物，在鄂西的一些地方，视蚂蚱为亲人托意寄情的象征。女子在做鞋之时，见到蚂蚱，相思之情油然而生，把蚂蚱当作自己的情人一样亲嘴呼唤，如醉如痴的相思情态活脱脱地表现出来，殊不知阳魂已去，相见已不可能。“阳魂去了阴魂来”，真正达到衷肠寸断、催人泪下的艺术效果。

劳动人民在创作五句子情歌的过程中，巧妙地运用移情于景、情景融合等手段进行构思，使作者要表达的情感具体、通俗、形象，是鄂西五句子情歌艺术构思的特点之二。

送郎送到大桥头，
手扶栏杆望流水。
就怕哥心像流水，
流到东海不回头，
丢下小妹守空楼。

这首情歌写的是一个女子送别情人时的场景情怀。作者采用移情入景、情景交融的表现手法，传神地表现出女子当时复杂细腻的心理，构思也是极精巧的。

在旧社会，妇女一旦委身于人，男子对爱情是否忠贞，在一定程度上决定了女子的终身命运。实际生活中，却又是“易求无价宝，难得有情郎”，女子常常被抛弃，受欺凌。因此，当这个女子送别情人时，自然担心的是他一去不回，落得个“守空楼”的凄惨结局。由此，更生惶恐依恋之情。作者把女子这种复杂的心理与桥下流水联系起来，用“流水”比喻“哥心”，由“流水”、“流到东海不回头”，而联想到情人的一去不回，负心忘义。用“送”、“扶”、“望”、“怕”、“守”一连串动词，将女子的心理与送别时的环境紧紧地联系在一起，绘声绘色地道出了女子送别时的惜别、嘱咐的情态和忧虑、惆怅、不甘寂寞的内心活动。我们知道，诗歌的意境是由情、景两部分构成的，景为情而生，情借景而发。如又一首送郎歌：

送郎送到窗户前，
打开窗户望青天。
天上也有圆圆月，
地上怎无月月圆？
拆散鸳鸯各一边！

幽会之后送别情郎，依依难舍。由天上有圆圆月，触景生情，想到相爱之人不能月月圆，情景融合。清人王船山说：“情景各为二，而实不可离，神于诗者妙合无垠，巧者则情中景，景中情。”情歌产生于生活，产生于劳动，是劳动人民的直接创作。他们寄情于自己所熟悉的各种山、水、鸟、虫、日月、星辰等自然景物，情景互相渗透，创造了许多深邃优美的意境，刻画出一个个丰富完美的艺术形象。

咏唱同一事理，表达同一感情，往往能从不同角度和侧面表现出来，运用多种比喻来突出描绘事物的各个方面，或集中描绘一个方面的特征，是鄂西五句子情歌艺术构思的特点之三。

高山岭上逗凤凰，
大树脚下逗风凉。
楼房瓦屋逗燕子，
三月青草逗牛羊，
十八幺姑逗情郎。

这首情歌用一连串生活中常见的自然现象和自然规律作比，来说明“十八幺姑逗情郎”的合理性。

有时，为了阐述同一道理，又往往采用正反两方面的比喻：

石榴开花叶叶青，
郎将真心换姐心。
不学灯笼千只眼，
要学蜡烛一条心，
鸳鸯结伴永相亲。
……
不学杨柳半年绿，
要学松柏万年青。
……
莫学花椒把心黑，
要学辣椒红到梢。

这些情歌，运用多种比喻，从正反两面来表现“同生共死永相随”

的强烈愿望。

运用多种比喻从各个不同的角度或正反两面来说明同一事理，显得充分、具体、形象，给人以丰富而不繁芜，多彩而不杂乱，奇妙而又妥帖的美感，抒情色彩浓烈。

再次，“博采口语”入歌，普遍采用重复的格式，形成活泼优美的诗歌语言，是鄂西五句子情歌的又一艺术特色。

劝姐不要昧良心，
水性杨花不定根。
一更起风二更息，
寅时下雨卯时晴，
翻起脸来不认人。

这首通篇用未加雕饰的村言俗语所唱的情歌，阐发的却是爱情中的道德观，明白晓畅。还有一首更为口语化：

羊肉没吃惹得一身臊，
皮袄没穿巴得一身毛；
昨日与姐说哒几句话，
惹得天动地也摇，
就恨一些多事佬。

千百年来，鄂西土家族五句子情歌，以其准确、生动、形象、性格化和富于理性的特色，经久不衰地刻印在人们的心坎上，活现在歌师傅们的口碑中，靠的就是人们的口语入歌。人们像说话一样唱歌，没有用典，没有华丽的词句，歌手们把那些经过千人万口锤炼和淘洗的新鲜活泼、形象生动的口语、俗语、民谚等，信手拈来，构成优美平白的情歌语言，使鄂西五句子情歌真正充满着浓郁的乡土气息，易唱、易懂、易记，既富于诗意和哲理，又使人在笑声中充满回味。像这样生动、形象、性格化的情歌，在土家山寨中比比皆是。

在浩如烟海的鄂西土家族五句子传统情歌中，叠字的使用十分普遍，它使五句子情歌有如串串珍珠，令人喜爱不已。例如：

一见一见观世音，
有点有点动人心。
心想心想挨挠你，
如何如何挠得身？
差点差点想成病。

既是初识赞美，又是大胆试探，将土家族男女青年初会时，“一见倾心”的情感和盘托出。哥把妹描绘得像“观世音”那样美貌动人，借以表示自己的一片倾慕之心。情真意切，跃然纸上。民间歌师常把这种歌词形式的重叠结构，称之为“单声叠字”。

还有一种叫“双声叠字”。例如：

逗逗打，打打逗，
逗逗打打上了钩。
情意只为逗打起，
逗逗打打舍不得丢，
难舍难分心肝肉。

这种连声的双声叠字，不仅层层加深了形象的刻画和内心的描绘，而且使人在节奏跌宕和起伏中，不断获得深长的回味与韵味。尤其口语方言入歌，朴实真切，明快自然。

在描写情侣迷恋、相思时，“叠字”更有其勾魂摄魄的魅力：

想郎想得“无搭刹”，
走路都在跌扑爬。
跌倒跌倒又爬起，
爬起又是仰翻叉，
日日夜夜想冤家。

这首歌运用了单身叠字(跌倒跌倒)和双声叠字(日日夜夜)相结合的艺术手法，惟妙惟肖地描写了这对热恋着的情侣那种纯真、深切、日夜相思的渴求之情，已到了不能自已、如醉如痴的境界，惹人发笑不已。

还有一首反映土家人审美观念的“三声叠字”。这首歌想象奇特，把面残心美的麻脸姑娘，硬是赞美得叫人可爱：

情妹脸麻心不麻，
一颗麻子一朵花。
不信你看菠萝蜜，
外面麻麻内不麻。
蜜蜜甜甜人人夸。

土家人用“叠字”表示爱情，确有其独特的艺术风格。这位脸有残疾的姑娘被赞美得既实在又含蓄，歌词像说话一样，真切地表达出土家族人选择对象的标准，不光是看“脸面”，而是要看“心里话”。充分体现了在炽热爱情支配下，土家青年把恋人高度美化的心理状态，实可谓“情人眼里出西施”。这首歌与陕北民歌“信天游”中的“麻杆杆那个出麻水沟沟里泡，哥哥你挑人要往心里头瞧”有异曲同工之妙。

《姐儿住在花草坪》也是叠字运用精巧的一首歌：

姐儿住在花草坪，
身穿花衣花围裙。
脚穿花鞋花上走，
手拿花扇扇花人，
花上加花爱死人！

这首歌围绕一个“花”字反复咏唱，五句话，九个“花”字，为我们描绘了一个花的世界，花的意境和一个如花似玉的魅力少女形象，怎不叫人心醉！

第十章　土家族舞蹈

土家族文化属于巴楚文化圈。在巴楚文化圈内的群众文艺活动中，除了极为普及的民歌就是舞蹈了。其舞蹈水准虽然不及中原之高，而特色却十分突出。

巴楚舞蹈是从原始祭祀的巫舞发展而来的。在古代，巴人和楚人对自然界中的风雨雷电、疾病瘟疫等灾害无法解释，便认为有个“神”的世界存在，这些自然现象都是“神”在主宰。正如马克思所说：“任何神话都在想象里并借助想象以征服自然力，支配自然力，赋予自然力以形体。”巫，正是自然力的形体，手持“法具”，戴着面具，为人们驱灾驱邪。最初从事这种占卜祭祀的人，男曰觋，女曰巫。人们认为巫能通神，神的旨意可以由巫告诉人，人的祈求希冀可禀告给神。于是巫就成了“化出化入”的“神”的化身和代言人了。后来人们又发现巫的跳神舞蹈动作还可使人快乐，巫风最浓的楚国便产生了对舞蹈形式美的自觉追求，最先把乐与礼分离开来，各自独立，分别发展。楚国把舞蹈从礼乐分离之后，在独立发展中又吸取了巴人的舞姿，与楚舞融为一体，形成了多种舞蹈形式。从楚辞和已出土的文物中就证明有“踏蛇舞”、“十二神兽舞”、“傩舞”、“童子舞”、“云门舞”、“武舞”等。这些舞大多是宫廷舞，要求舞女都是“小腰秀颈”、亭亭玉立的美人儿，服饰华丽，在舞动时要翘袖折腰，“偃蹇”、“连蜷”，轻盈飘逸。其中女性的“三道弯”舞姿特别优美。在表演体裁上也是多种多样，有群舞、独舞、有领舞的集体舞、有歌舞，也有加伴唱的舞蹈等。由于上层统治阶级的提倡，巴楚地区的群众舞蹈也得到相应的发展，并普及于婚丧嫁娶、生产生活与节庆娱乐之中，世代相传，从无间断。在巴楚文化圈的三十多种民间舞蹈中，除了和其他地区共有的龙舞、狮舞、彩船舞、车子舞、蚌壳精舞等外，还有摆手舞、跳丧鼓、地花鼓、板凳龙、肉莲湘等巴楚风味浓厚的舞种，有的击鼓起舞，有的边歌边舞，表演形式各不相同。

一、摆手舞

土家语叫“舍巴”，汉语叫“摆手”，现在都叫汉语“摆手舞”。这是节庆盛事时的一种群舞。大家围成一圈或数圈摆手踏歌，动作较为简单。这种舞蹈原为军前战舞，天性劲勇。“锐气喜舞”的巴人曾在助周伐纣的战争中大显身手，受到周主喜爱，一度被引入宫廷，融于帝王大乐之中，但它的主要生命力在民间，是男女巴人即歌即舞表现欢乐的一种民艺形式，传到唐宋时，又称“踏蹄之戏”。

《归分类要》记“巴人、蛮蜒人好巴歌，名曰踏蹄”。陆游《老学庵笔记》具体描述曰：“男女聚而踏歌，农隙时至一二百人为曹，手相握而踏歌”，其歌词就是“男女皆唱竹枝”。明清以后，摆手踏歌的娱乐形式在民间继续发展，土家山寨均设“摆手堂”，以摆手舞作为重要的祭仪歌舞。每年正月初，无论男女集堂中歌舞，“男女相携，翩跹进退”。这时的群众心目中还有人神共娱的意思。清代摆手堂的碑文就有“男女齐集神堂，击鼓鸣铮、歌舞之，名曰摆手，以为神之欢也”的记载。新中国成立后，摆手堂逐渐废弃，每逢盛事佳节便成了更为广泛的广场歌舞。在跳法上由一人在圈中司鼓兼鸣锣，男女舞众跟着领舞者围圈舞蹈，随着鼓点进退，变换舞姿，每舞一周或数周换一套程式，把许多动作连贯起来，构成具有完整情节的段落，紧紧相连。如把“插秧”、“扯草”、“望太阳”等舞姿连接表演，展示从事农活的情景；还可表演“狩猎”、“打蚊子”、“水牛打架”等日常生活情趣。舞姿矫健，粗犷大方，刚强武勇，形式简朴，落落大方。舞蹈时也不用任何道具。

二、跳丧鼓

起源于巴楚先民的原始宗教活动，最早只是对图腾的简单动作模拟。楚先民以鸟为图腾，塑造出理想之鸟凤凰。尊凤是楚人图腾信仰的遗影。模仿鸟飞翔的动作“凤凰展翅”、“老鹰展翅”恰好是跳丧最基本的舞蹈语汇。战国时期，从原始宗教的图腾崇拜和灵魂不灭观念的基础上发展起来的祖先崇拜尤为强烈。直到今天歌颂祖先、怀念古人仍然是跳丧鼓的重要内容。正是频繁的祭祖祀神活动和日渐浓郁的巫风为这种原始图腾歌舞发展成大型丧事歌舞创造了最合适的氛围。那时的神、鬼、人并无截然分界。屈原在《九歌》中既唱天神东皇太一，又唱为国战死的普通将士。在今天的跳丧鼓词中还有《国殇》原词，而且唱时情调悲壮。宜都市收集到的一首《绕棺游》中唱道：“归去来兮，归去来，吾母一去痛伤怀，同望东方星火吉……”这与《楚辞・招魂》颇有异曲同工之妙。

古代巴人的原始歌舞也是楚人跳丧的直接源流。据《晏公类要》载：“荆楚之风，夷夏相半，有巴人焉，有白虎人焉，有蛮蛋人焉，巴人好歌，名踏蹄。白虎事道，蛮蛋人与巴人事鬼，纷纷相浸以成俗，伐鼓以祭祀，叫啸以兴哀。”这里所指的夷，主要是古代巴族。土家是巴族的后裔，至今仍然盛行跳丧鼓。凡老人正常死亡后，必须跳丧，死者年岁愈高，前去跳丧者愈多，亲友乡邻全都参加，绕棺而跳，称为“人死众家丧，一打丧鼓二帮忙”。不过只有男人参加，没有女人参加。认为“女人跳丧，家破人亡”。跳丧鼓的程序是先由歌师击鼓叫歌，成对的二歌郎、四歌郎、八歌郎组合接歌，随着鼓节起舞，按曲牌绕棺而跳，越跳人越多。灵堂拥挤时还可移至堂外场坝去跳，仍与堂内节奏一致。其唱词多为四三拍，也有四二拍的，或者互相交替。舞式多样，有“老虎下山”、“一支箭”、“四大步”、“滚身子”、“杨柳”、“双狮抢球”、“燕儿含泥”、“犀牛望月”、“凤凰展翅”、“枯树盘根”、“幺连合”、“幺姑姐”、“叶人合”、“沙儿合”、“打哑谜”、“风夹雪”、“升子底”、“牛擦痒”等几十种舞姿，节奏鲜明，刚健有力。歌词内容十分广泛，有死者的生平事迹，有历史传奇，有爱情故事等。因跳丧是一件白喜事，一般是歌而不哀，舞而不悲，高亢豪放。不过这种舞蹈在土家族聚居区较多，在汉族聚居区较少，多为坐丧，即只唱不跳。

三、巴山舞

按巴楚文化圈里的群众习惯，只有死了老人才能跳丧，平时是不能跳的。就是死了老人，女人也是不能跳丧的。为了使这一古老的巴楚舞能够作为节日欢庆和平时的娱乐节目，20 世纪 80 年代初期，长阳县的群众文化工作者覃发池等人便在跳丧鼓的基础上着手学习研究，改造发展，创造出了一种新的群众易学易跳的巴山舞。他们由 20 世纪 50 年代和 80 年代传入的交际舞、迪士科受到启发，打破了原始跳丧中的许多旧程式和流行区域的许多界限，从舞蹈语汇到音乐唱词吸收了各地的精华，通过提炼、加工、改造，把原来压抑、向下、埋头、扣胸等缺乏轻快感的动作改成舒展、向上、扬头、挺胸等流畅动作；在音乐、唱词方面也增加了优美、抒情、明快、欢乐的情调。经过多年不断改进，现已成为任何时候男女都能参加的群众性的广场舞蹈，已在群众中普及。

四、地花鼓

起于何时无考。从表演程式和动作名称中留下了巴楚图腾崇拜，祖先崇拜、宗教信仰的痕迹。群众在逢年过节时表演，而且表演都走村串户，给各家贺喜。无论何时何地表演者都要面对东家。若室内表演要面对中堂。表演者只有丑、旦二人，各执折扇一把。丑角率先登场，视周围环境和观众即兴创作，随意发挥，语言生动活泼诙谐精练。然后旦角出场，二人对舞。旦角舞蹈偏重于纤巧秀丽、质朴柔和。各舞段中的基本体态是保持抬肩、提肘、拎巾、绕扇花，中腰微微左右摆动，双膝放松夹而不紧，行走如浮云流水，双眼频频传情，把内在感情和外在动作以及丰富的面部表情有机地结合起来，流露出楚舞的娇柔之美。丑角的基本舞步“翘翘步”的发力点在腰部，身体前俯后仰，双膝下沉颤动，含胸前行，做“拦娇娥”动作时保持“蹲裆步”姿态，伴于旦角左右晃动身子，双手挽扇花，而后左脚踏地顿足，上下挥扇转身。舞姿刚劲有力，律动缠绵奔放，表现出巴人的阳刚之美。从扇花的应用也能看出这一风格特点。丑角的扇花多在左右摆动，上下飞舞或挥手拎花，火爆泼辣、诙谐；而旦角的扇花则是拎扇扭摆，挽花转圈，表演抒情、缠绵。这一刚一柔，相映成趣。由于道具的巧妙应用扩大与延伸了舞蹈表演力度。地花鼓的服饰是旦角着白色上衣，外套黑色背心，用一段白布从双肩搭下，在胸腰交叉于左腰打结，下穿红色长裙。丑角头戴白布包头，上着白布对襟褂，下着黑裤。红、黑、白三色正是巴楚文化圈中群众最喜欢的颜色。因为楚人图腾火凤凰是红黑二色，巴人图腾白虎是白色。

五、肉莲湘

这是一种可以一人表演或多人表演的边舞边唱的舞蹈，不用道具、乐器，演员赤裸上身，双手敲打四肢、肩、背、腰等部位，有节奏地发出噼里啪啦的响声，并按莲湘的韵律、节拍、声调即兴演唱歌词，散发出极浓的巴楚风味。

六、茅古斯

土家话为"拨步卡"，现在均称茅古斯，既是一种古老的舞蹈，又是一种处于萌芽状态的戏剧。演员可多可少，全身都穿苎麻或稻草制作的"毛衣"，象征毛人祖先。舞蹈都是古代狩猎、捕鱼、种地、接新娘等劳动、婚姻场景的模仿动作，简单粗犷。

第十一章　鄂西土家族的饮食与服饰文化

一、鄂西土家族饮食文化的特色

(一)崇尚简朴

鄂西土家族地区群山峻岭的地理环境，艰难困苦的生活条件造就了土家族饮食崇尚简朴的特点。廪君时代，巴人在其首领务相的率领下，在“鱼盐所出”的夷水流域，“乘土船”捕鱼，渔猎成为攫取生活资料的重要形式。随着时代的演进，“烧畲度地”的农耕经济逐渐占主导地位，形成以农耕生活为主，兼及渔猎、采集的生活方式。辛勤劳作和艰苦的生存环境养成了简朴的饮食习惯。“山谷贫民，不常饭稻，半以苞谷甘薯荞麦为食。”(张梓《咸丰县志》)“农人依山为田，刀耕火种，备历艰辛，地不能任旱涝，虽丰岁不能自给，小则粉蕨根为食。”(廖思树《巴东县志》)土民“刀耕火种，收成微薄，饮食极简单，多食荞麦、黍粟”，养成了对吃喝不讲究的习惯(《鄂西少数民族资料辑录》)。“环邑皆山以苞谷为正粮，间有稻田，……贫民则以种薯为正务，……赖以为生。”(《恩施县志》)“民间稻者十之三四，杂粮十之六七。”(《咸丰县志》民国三年版)恩施民谣说：“好玩不过山沟沟，苞谷洋芋是对头，要想吃碗大米饭，八月十五过中秋。”“民皆勤俭”，“俭约不奢”。(《来凤县志·风俗志》)“生计本薄”，“不简即无以为生”，“慎乃俭德惟怀，永图俭

诚美俗”(张梓《咸丰县志》)

(二)喜渔猎以丰富饮食

鄂西土家族地区农耕经济的发展，谷物、苞谷以及薯类作物的增加，改变了土家族的食物结构和饮食习惯，但家禽家畜的饲养业有一个由不发达到发达的过程，饮食中的肉食仍有一个以渔猎为主到以渔猎为辅的过程。因此，从古至今，土家族喜渔猎，不仅从生活采集方式转变为生活乐趣方式，而且渔猎之物由生活主食转变为丰富饮食的副食。“士敦朴实，俗尚简朴，乡人于农隙之后，以猎兽捕鱼为事。”(《湖北通志·舆地》)“山深林密，獐、麂、兔、鹿之类甚多，各保皆有猎户。今则山林尽开，禽兽逃匿，间有捕雉、兔、狸、獾者，皆农人暇时为之。”(《长乐县志》)

(三)注重饮食的礼仪

土家人虽生活简朴，但又十分注重饮食的礼仪。这种礼仪以热情好客，省己待客为中心内容，成为土家族饮食的主要礼尚。从待客的饮食看，尽显示出土家族人的爽直豪气。“惟后里人客至，则系豚开酒坛泡之以为敬，……肘至膝以上全而献之，谓之脚宝，特以奉尊客，切肉方三寸许，谓之拳肉。酒以碗酌，非此不为敬。”(廖思树《巴东县志》)穷户人家如有酒、肉、蛋类，必留存有客至才食。“邑中风气，乡村厚于城市，过客不裹粮，投宿寻饭无不应者。入山愈深，其俗愈厚。”(李勖《来凤县志·风俗志》)无论贫富之家，宰杀年猪有胜过节，遍请左邻右舍，吃“杀猪饭”，称吃“泡汤”，丝毫不吝啬。平日客至，必敬上好土烟，泡上等好茶，邀吃家常饭，以礼相待。

(四)讲究节日饮食

土家族十分讲究节日的饮食，不同的节序，饮食品种和方式具有不同的特色，渐演成俗。如正月十五闹元宵，食粉团、汤圆，称之为吃元宵；社日，切猪豚和糯米、蒿菜为饭，称之为社饭，彼此馈赠；三曰上巳之辰，摘地菜花和作饭，称之为做节气；四月十八日为牛王节，“宰豕为大脔糁，糯米蒸之，祭祖先兼延客”；端午节食角黍(即用竹叶裹粽)、盐蛋，饮菖蒲雄黄酒，小儿辈则以酒涂额；八月中秋节，以月饼、枣、梨、胡桃相馈送，家人具酒设肴，陈瓜果饴饼赏月。平日好酒好菜，积攒准备，以作过年宴会之用。宴会筵席除鸡、鸭、豕、羊外，无多珍肴。

(五)鲜明的地域特色

崇尚节俭、注重礼仪，讲究节日的饮食习惯，在整个鄂西土家族地区大致相同或相近，但由于鄂西土家族地区地理条件平陡高低的变化，又使土家族的饮食具有相对的区域性特色，尤其是不同的地域形成各自的传统食品，使得鄂西土家族地区的饮食文化呈丰富多彩的特征。

“乡人居高者，恃苞谷为接济主粮；居下者，恃甘薯为接济正粮。”“收藏甘薯必挖土窖，欲其不露风也”，这是一种保鲜防腐技术，窖中甘薯食用如鲜。“收藏苞谷及杂粮，或连穗自悬屋角，或于门外编竹为囷，上覆以草，欲其露风也。”(《李勖》)露风凉干的苞谷杂粮比放在屋内炕烘而干的食用起来香醇得多。高山乡里用苞谷熬糖，用苞谷、鲜谷炒制的米花制作成“糖苞谷托”和“鲜谷饼”，加上核桃、板栗、葵花等，成为高山特有的点心。无稻谷的高山用苞谷泡胀用石磨磨成谷“米”，作为节日食用和待客的佳品。低山用糯米做米酒，又称醪糟，用糖和芝麻做饼以及柿子晒晾成饼，成为低山特有的点心。城中用芝麻、阴米和糖制作各式各样的糕点糖食就更为丰富。地域性还表现为丰富多彩的风味菜肴与食谱。土家族在长期的日常生活中，根据本地的物产，造就出许许多多独具地方风味的菜肴佳品，素净而味美。总分酸、辣、干三大类。酸菜坛子，泡有大蒜、辣椒、豆角等。春天的青菜，秋天的白菜、萝卜，做成酸菜，一吃数月，酸菜在喜宴上也有它的席位；家家都种辣椒，餐餐都有辣味，无辣不成菜，无人不喜辣，辣椒晾干切细，作为必不可少的作料，鲜红辣椒磨细成“稀广椒”；将青白菜、萝卜、豆类、瓜果类晾晒制成干菜，备以过冬，成为传统。合渣、面饭、酢广椒、糍粑、社饭、土腊肉、酸水坛子构成土家族独具特色的饮食。“三罐一老酒，泡菜土腊肉，盐菜酢广椒，合渣懒豆腐”的食谱，风味别致。

二、鄂西土家族的茶文化

茶文化是鄂西土家族饮食文化的主要组成部分。鄂西土家族地区盛产茶叶，而且加工制作技术精细，历史悠久，成为土家族地区向中央王朝朝贡的驰名方物，又是土家族民间馈赠交际的上等礼品。茶叶是鄂西土家族地区的家常饮料，成为生活的必需品，又有独特的饮用法。最具有民族风味的是油茶汤。土家族的油茶汤有悠久的制作饮用历史。陆羽在《茶经》中记载唐宋时“荆巴间，看茶叶作饼，叶老者饼以茶膏出之，欲者各饮，先圣令赤色，捣末，置瓷器中，以汤覆之，用葱、姜、橘呈之，其饮醒酒，令人不服”。《咸丰县志》记载：“油茶：腐干切颗，细茗，阴米各用膏煎、水煮，燥湿得宜，人或以之享客，或以自奉，间有日不再食，则昏馈者。”有的地方称之为擂茶：“取胡桃、生姜、胡麻共捣烂煮沸作茶，此惟黔咸接壤处有之。”

鄂西土家族的“四道茶”也别具一格，既可体验古老的饮茶乐趣，又有迷人风味。头道称为“亲亲热热”，即用滚沸的开水冲泡的一碗云雾茶，清淡素雅，意在热气腾腾待客；二道称为“香香喷喷”，即茶叶放有腊肉碎丁，其香无比；三道茶称为“甜甜蜜蜜”，即用米子泡糖茶，其味苦甜；四道称为“圆圆满满”，即以鸡蛋代茶，意在良好的祝愿。如此四道，表情达意，十分生动贴切。

高山土家族地区还有喝罐罐茶的习惯。即用土罐作为泡茶的器具，先将茶叶放在罐中用火烤焙，待香味溢鼻时用沸水冲泡，倒出供饮，其香无比，或加入姜片，成为姜茶，喝时清香鲜美，提神养气。低山还习用大盆泡凉茶，三伏天饮用，清凉解暑止渴，家家备用。

无论是油茶汤、罐罐茶还是大盆凉茶，都是土家族日常饮用及婚宴、祝寿、新屋落成、宾宴等场合酒余饭后的好饮料。土家族民谣："客来不办苞谷饭，请到家中喝油茶。"

土家族不仅饮茶普通而讲究，还创造出种茶、采茶、制茶一系列茶文化。由于殷勤朴实，世居深山的土家人将种、采、制的技术沿辈相传，土家族地区的茶很早就进入了"官宦王侯"家，宣恩的五家台，鹤峰的百驾司，巴东的羊乳山都曾是贡茶的基地。17 世纪初，五峰、鹤峰、长阳等地的"宜红功夫茶"还被输往俄罗斯和英国，鹤峰"容美"茶还被英国誉为"皇后茶"。

鄂西土家人种茶，开茶梯、背粪上坡这些重体力劳动由男子担任，播撒茶籽、培植茶苗到采摘、炒焙、揉制大多由妇女担任。这些世居深山的茶姑、茶妇、茶婆在劳动生产中创造了千百首"茶歌"。茶歌有好几十种曲牌，如《茶歌》、《采茶歌》、《阳雀采茶》、《茶号子》等。务茶劳作中的这些茶歌，从各个不同侧面反映了土家族茶农的生活、情操和当时的社会情态。《容美记游》中的一首《采茶歌》就最有代表性："采茶去，去入云山最深处。年年常作采茶人，飞蓬双鬓衣褴褛。采茶归去不自尝，妇姑烘焙终朝忙。须臾盛得青满筐，谁其贩者湖南商。好茶得入朱门里，瀹以清泉味香美。此时谁念采茶人，曾向深山憔悴死。采茶复采茶，不如去采花，采花虽得青钱少，插向鬓边使人好。"

三、鄂西土家族的酒文化

土家族的酿酒始于先民巴人。"川崖惟平，其稼多黍。旨酒嘉谷，可以养父。……嘉谷旨酒，可以养母。"(《华阳国志·巴志》)"南山峡峡西八十里有巴乡村，善酿酒，故俗称巴乡村酒也。”(《太平御览》)“江之左岸有巴村，村人善酿，故俗称巴乡清郡出名酒。”(《水经注·江水》)土家族继承了巴人优良的酿酒技艺，并加以发展。所酿造的酒大致有以下几种：

一为苞谷酒。土家族种植苞谷大约始于宋代，所以用苞谷作原料酿酒应不早于宋代。苞谷是土家族酿酒的上等原料，苞谷酒又是土家族爱喝的酒，“邑惟苞谷酒，上者谓堆花酒”。(《长乐县志·习俗》)

二为咂酒。土家族古籍中记载了不同的酿造咂酒的方法。“其酿法于腊月取稻谷、苞谷并各种谷配合均匀，照寻常酿酒法酿之。酿成携烧酒数斤置大瓮内封紧，于来年暑月开瓮取糟，置壶中冲以白沸汤，用细杆吸之，味甚醇厚，可以解暑。”(《长乐县志·习俗》)“乡俗以冬初，煮高粱酿瓮中，次年夏，灌以热水，插竹管于瓮口，客到分吸之曰咂酒。”“饮时开坛，沃以沸汤，置竹管于其中，曰咂。先以一人吸咂，曰开坛，然后彼此轮吸，初吸时味道甚浓厚，频添沸汤，则味亦渐淡。盖蜀中酿法也，土司酷好之。”(《咸丰县志》)

三为糯米酒。也称甜酒、米酒。用糯米或苞谷酿成，装入坛中，待酿好后连糟一起煮食或冷饮。

酒渗透于土家人民整个生产生活活动中，它与土家人民的宗教信仰、礼尚往来、民族性格、民风民俗结下了不解之缘。

酒是祭祀的必备品。土家文化与巫术文化紧密相关，在土家人众多的祭祀活动中，酒是必备之物。土家族最信仰的是白帝天王即白虎神，若遇家有疾病，都到天王庙烧香许愿。祭毕就在神像前招族人亲戚畅饮。每遇有争论冤屈之事，也得到天王庙前盟誓，刺猫血滴在酒内喝下去，叫做“吃血”。祈求神断，吃血后必须发誓“你若冤我，我大发大旺，我若冤你，我九死久绝”。事无巨细，吃血后不能反悔。吃血后三日，献牺牲酬愿，谓之“悔罪做鬼”。(《来凤土家族历史简编》)。续修《鹤峰县志·杂述》载：“大二三神，田氏之家神也。刻木为三，其形怪恶灵验异常，求医问寿者，往来相属于道。神所在，人康物阜，合族按户计期迎奉焉。期将终，具酒醴，封羊豕以祭之，合曰喜神。”

酒与节令密不可分。酒在土家节日文化中占有显要位置，几乎到了无酒不成节的程度。土家族月月都有节日，所有的节日几乎都离不开酒。正月有春酒；二月有社酒；三月有祭山酒；四月有牛王生日酒；五月有端阳酒；……八月有送瓜酒；九月有登高酒，腊月还有除夕酒。

红白喜事必备酒。土家族长期生活在大山中，与外界接触极少，但每一群体内部却交往甚密，谁家有婚丧嫁娶、修房造屋、栽秧割谷等事邻里主动帮忙。主人不给帮忙者工钱，热情招待自然离不开土家人嗜爱的酒。土家人从降生即与酒结缘，酒伴随土家人的一生。接亲时，男方送一坛酒到女方家，待生小孩后，由娘家用这坛子装上甜酒送去，俗称“今天吃火酒，明年吃甜酒”。小孩出生后，要办酒席叫“祝米酒”。满一个月时要办“满月酒”，满周岁时要办“抓周酒”。

老年人过生日，办的酒席叫“整生期酒”。老年人过世，要举行跳丧活动，歌舞相伴，边唱边饮边吃黄豆，叫“喝黄豆酒”。“家有亲丧，乡邻来吊，至夜不去，曰伴亡，于柩旁击鼓，唱俚歌哀词曰丧鼓歌，丧家酬以酒馔。”(《长乐县志·习俗》)

此外，修房有“上梁酒”，木船下水有“起驾酒”，农事活动中有“栽秧酒”、“薅草酒”、“打谷酒”。土家人有事必有酒，事事不离酒，时时事事充满浓浓的酒味。酒在土家人的生活中无时不在，无所不有。

酒是社交的工具。土家人纯朴直爽，热情好客，每有客至即用最好的食品招待客人，酒更是不可少。每宴必有酒，而且酒礼十分讲究，“宴客，客西向坐，主人东向坐，皆正席，肴十二簋，樽用纯金。……酒饭初至，主宾拱手，众皆垂手倚立，候客举箸乃坐，亦适有从田间来，满胫黄泥而与席间手持金杯者……行酒以三爵为度，先敬客，后敬主人……”(清·顾彩《容美记游》)土家人好客很大程度以酒为媒，酒成了土家人传递情感、加深友谊的桥梁。

历代土家族文人有不少赞美酒的诗篇。土家族诗人田泰斗竹枝词中就有许多写酒俗的歌。如“出门果真见嘉宾，当道华筵点缀新。四面箫声一樽酒，风前宛转劝冰人”。这首竹枝词写的是新婚后给媒人办接风酒的习俗。又如“敬酒人来立下方，衣冠郑重貌端庄。昨宵演过好辞令，一到筵前却又忘”。这首竹枝词描写的是在婚筵上选择一个能说会道者领着新郎敬酒的情景。

在丰富的土家族民间文学中，与酒有关的作品俯拾即是。如歌谣《十二杯酒》以酒为引，把一年十二个月的气候变化和农事活动全部有序地排列出来，从“一杯酒儿正月定，立春已到迎新春，雨水有水不一定，一寸黄土一寸金”唱到“十二杯酒腊月定，小寒大寒水结冰，二十四节有一定，大寒到了动工程”。看起来似乎重复拖沓，实则通俗易懂，有较强的科学性。特别是每个月以“一杯酒”起头，起到提示和强调作用。又如《十杯酒》把土家青年男女恋爱过程的心态生动逼真地描绘出来。酒歌又成了恋人抒发情感的媒介。

与酒有关的故事也不少。如《土地佬找酒吃》、《酒鬼县官》、《酒谜》、《卖酒掺水》、《四秀才饮酒》等，一个个酒故事引人入胜，妙趣横生。一方面折射出土家人爱酒如命的民族习惯，另一方面也讽谏了嗜酒贪杯的各色人物。一篇篇朴实生动的酒故事就如一部土家人饮酒的百科全书。土家族是一个勇敢、豪放、乐观的民族，豪放的民族性格和浪漫的生活方式与酒恰是一对孪生兄弟。酒的饮用更加强了民族个性，使这个民族更豪放，更无拘束；反过来，豪放的民族个性乐观豁达的民族精神，重节日喜庆的民族生活方式，加速了酿酒业的发展，使酒文化更加丰富多彩。咂酒正是二者结合的产物。土家族的酒与民族生活方式、民族精神休戚相关、相互映照。土家族制造了酒文化，酒文化又折射出一个勇敢豪放乐观的民族个性。

四、鄂西土家族的传统服饰

同居住室宇、器用、饮食文化一样，土家族服饰“俗尚简朴”，“无一切奢靡之习”(《鹤峰州志》)。土家族传统服饰文化可归结为穿着尚俭朴，喜宽松，装饰尚简洁，重喜色，具有鲜明的民族特色。

穿着尚俭朴，喜宽松，主要是受生存环境的陶冶。山峦起伏，耕作艰辛，养成俭朴的习惯。“建始俗简陋……男女作苦与共，俗不尚衣冠。”(《建始县志》)“民皆勤俭，不事华美，……妇女多事纺绩，以供衣服。”(《来凤县志·风俗志》)土民“不尚服饰”(《宣恩县志》)。衣着宽松才便于山林的渔猎和山地的农耕生活。土家族衣服的主体形式是大衣大袖，满襟，男女衣服都短，后面开叉，裤管短，裤腰大。随着经济的发展，男女服饰又渐有贫富区别和城乡之区别，但仍不失俭朴之风。“贫者仅足蔽体，富者夏葛冬裘。妇女平居不裳，时节庆贺则用之。”“邑俗平居，皆大布之衣，非遇庆贺会宾客，虽缙绅之家，不著纨绮。大率士夫之服雅，商贾之服华，城市之服时，乡村之服古。”(李勖《来凤县志·风俗志》)

鄂西土家族衣着有自己独特的衣料和服装款式。衣料多为自纺、自织、自染的土布，本地人称之为“家机布”，采“五倍子”、木梓树叶，取其浆，染成蓝色、黑色。“土司时男女服饰不分，皆显一式。”后逐渐有男女之分。男子多穿(黑)蓝色，女子将布染成“鹿子闹莲”、“喜鹊闹梅”、“双凤朝阳”、“蜻蜓点水”等富有喜色的花纹，简洁而栩栩如生。男子上穿较古老的“琵琶襟”，后来逐渐穿满襟衣和对襟衣。妇女多喜大衣大袖，并有很多装饰，衣的袖口、下脚边襟要挑、滚、嵌三四道花边。上装多为矮领，老年尚青蓝色，中年尚粉红色、蓝色。寡妇不兴穿红色，在守孝期间(一般为三年)多穿黑色。三年以后，若未再嫁，就穿月白色。一般人平时都是大蓝布，大帛冠，衣领高，上嵌小花条，衣襟右上镶三条他色布边，下着“八幅罗裙”，裙褶多而直，庄重大方。改土归流后，官方禁止土家妇女穿裙子，于是改裙子为裤子，女裤也用青、蓝布加白布腰，裤脚惯用蓝底加青边、青底加蓝边，后边再贴二三条宽度不等的梅花条。中、老年男人上装以开大襟为主，有的以多扣的开胸对襟短装为主，长帕束腰，裤子不论何种颜色，另以七寸宽的白布作腰，穿时提着于腹前左右折叠，以带系围，男女一式，叫“转‘腰’裤”。讲究一点的绅士派，穿长袍马褂，头戴瓜皮帽。山寨农民以打“人”字形的绑腿为男子汉的标志。女人上衣常在胸前外穿绣花围腰。土家人制作围腰十分讲究，除镶边外还要挑花绣朵，据传是“罗元秀才”所赐，脚下以步缠脚，着绣花梭型鞋。

男人劳作时，春夏之交到秋天，穿着稻草和桐麻编织的偏耳鞋，冬时穿满耳草鞋，穿布筒袜子，闲时穿用麻编织的凉草鞋或布鞋，雪天穿自制的牛皮钉鞋，不透雪水，而且防滑。土家族男女都用布裹头。男人多以青丝帕或五六尺长的白布包头，额前裹出人字路。女子头裹刺花头帕。

土家族妇女很注意头发的装饰。“阿妹头发二尺八，梳个盘龙插鲜花。”姑娘没出嫁前，喜欢将头发梳成一条独辫子，辫梢扎着彩色布条，吊在背上，随风飘动，显示出少女健美、活泼的风韵；出嫁时，将辫子梳成一个粑粑髻，别上银簪，套着青丝网子，显得端庄、大方。头上插银梳、瓜子针、茉莉针、芭蕉扇、莲蓬花等银质饰品，洁白如雪，闪光发亮，配着散发清香的青丝头帕，具有朴实无华的美感。

土家女子到十二岁必须穿耳洞，便于以后戴耳环、耳坠等装饰品。穿耳洞的日子一般在农历二月的花朝节。据传说，这天穿耳洞不化脓，因为有花神保护。耳环、耳坠式样很多，有银质的“瓜子”、“灯笼”、“鼓槌”、“单环”、“连环”等，一般是当地匠人所制。戴金戴银，往往取决于家庭经济。有的穷人女子买不起耳饰，往往找来几根彩丝扎成小圈戴上，在耳边摆来摆去，具有一种朴素、简洁的风味。

土家妇女的手、脚也注意装饰美。手腕上喜欢戴银质或玉石手圈，把红润的皮肤衬托得更漂亮；手指上戴“一颗印”、“三镶戒”、“单股子”等银戒指；胸前挂的“牙钱”、“扣花”，上系银链、银牌、银珠子等一大串，行走时发出叮当响声。妇女穿的鞋子很讲究，除了鞋口滚边挑“狗牙齿”外，鞋面全用青、蓝、粉红绸子。斜尖正面用五色丝线绣各种花草、动物的图案，什么“梅花吐艳”、“秋菊放彩”、“桃李争春”、“蝴蝶腾空”、“蜜蜂展翅”、“蜻蜓戏水”等，栩栩如生，活灵活现，充分显示了土家妇女的聪明才智和热爱生活、追求生活美好的情操。

第十二章　鄂西土家族地区的居住文化

鄂西土家族在独特的生活环境中形成了独具特色的居住文化。它是鄂西土家族在适应自然、改造自然过程中智慧的结晶。

一、民居结构的适应性、多样性、典型性

居住文化主要包括民居结构特点和建房习俗。

传统的民居结构主要有四种类型。

适应高寒山区的茅屋型。这种房屋结构一般为土墙，盖辽竹扇(一种高山细竹扎成)，并用长细木条压捆，整个屋盖形成一个整块，一般可以使用五至十年才一次性更换。“屋水”陡(屋盖与地平面所成角度)，有少数房盖用茅草扎扇代替。

适应高山地区的“土砖起瓦盖”型，或“木架板壁瓦屋”型。土墙或砖墙，一般盖栗树锯劈而成的“木瓦”，或用薄石板、栓树皮作盖，屋水平缓。正屋一般七柱九领，木架屋用木板装修成板壁，屋盖由木瓦、树皮逐渐发展成盖布瓦，少数民居结构为吊脚楼。

适应低山的木建筑。适应低山地区的房屋木质结构较为普通，一部分为“木架板壁”屋，一部分为最有土家族居住文化特色的吊脚楼。

土家族地区的各种类型民居结构，都分为正屋、厢房和司檐，正屋一般为三间，中间一间为正堂，又称堂屋，一般有“吞口”；在正屋两头前面并与正屋相垂直的两间为厢房。正屋后面的为司檐(也称拖檐)。

小康人家有的建成四合屋，四合屋前部分称门楼子，中间为天井。

山寨。土家族一般都是聚族而居。无论是哪种类型的民居结构，一般在土家族群居的地方都形成山寨。山寨多是依山凭险，一姓一寨或整村一寨。这样依险立寨，一个村寨就成为一个相对独立的地理区域；守险立寨，全寨又形成一个具有民族凝聚力的社会单位。

鄂西土家族的民居结构和居住形式主要受山区独特的地理环境影响与资源的制约，不仅具有适应性，而且是就地取材，这在生产力十分低下的情况下，充分地体现了土家族人民的聪明才智。如高山土墙茅屋就有四大好处：一是土墙避风，又有冬暖夏凉的特性；二是辽竹笆扇不易腐败；三是屋水陡而不易积雪积水，适合高山阴雨多湿度大的天气特点；四是辽竹是高山特有的一种植物，可以就地取材，建造经济。

由于高山、二高山、低山的气候特点和材料特色而形成民居结构的多样化，而在同类地理条件下的民居结构又形成一种较为典型的模式，使鄂西土家族民居结构形成适应性、多样性、典型性的特色。

二、建房习俗、空间观念与神化现象

建房习俗和居住习俗是紧密相连的。无论鄂西土家族建筑属于哪种类型的建筑，都有着共同的空间观念。他们把房屋的建造、居住与自身的发达与神灵和天意、地象紧密地联系在一起，因而逐渐使建造过程、空间格局、使用方法形成一种神化现象。

注重“龙脉”，依势而建。这种观念在鄂西土家族民居建筑过程中起着绝对的支配作用。土家族建造房屋，讲究物场的选择。动土之前，要请风水先生架罗盘看龙脉的走向，测山势和吉凶，定利在何方。在土家人的心目中，宅基的“龙脉”不仅仅指周围山脉的走向或气势，更主要的是指山脉中所具有的能使居住者家业子孙兴衰的某种神性的精神，这种神性的精神与居住者的命运在冥冥之中存在着某种对应、沟通的关系，因此，连绵纵横的山脉越长，越雄峻，其龙脉也就越旺。若有数条山脉会合于一点，则此处便是“风水宝地”。谁要是能在此处建房，不仅会人兴家旺，其后世子孙还有可能建功立业，成王封侯。

讲究朝向，注重择期而建。土家族建筑房屋不仅讲究大的龙脉和气势，而且十分讲究朝向。未动土以前，先请风水先生依龙脉走向，结合房主的生辰八字确定吉凶祸福，决定堂屋大门开向。如与“八字”相克就需另选地方。土家族的房屋大多位于向阳坡地，利用山势选择坐向。或坐西向东，或坐东向西，一般不坐南朝北，因门窗向北开，有“北风扫堂，家破人亡”的说法。也不能坐北朝南，据说朱元璋做黄帝后，修皇城坐北朝南，独占了坐北朝南这一方位。改土归流后，破除了这一点，一般都是坐北朝南或坐西朝东的大势。

土家族十分重视择期而建。在建筑的过程中，挖屋基、伐青山(看木材)，招山子(土墙屋顶最后一垛墙收顶)、上梁都要选择吉日，同时要燃香烧纸，供奉祖先神灵，求神保佑平安。仪式也十分繁琐严格，把建筑材料准备好以后，主人选黄道吉日，请全寨老少都来参加建房仪式，先由木匠师傅行仪式，敬鲁班祖师，祭天地神灵，通报师傅和主人姓名，求得在建房过程中大吉大利，免除灾祸。上梁，是建房中最主要的一环，认为梁是全屋的根本，象征着主人龙脉旺、久盛不衰，所以很讲究。房屋竣工的当天，亲朋好友都挑肉抬酒，打粑送匾，前来祝贺。

空间观念的神话现象与人神共处观念。在土家族民间信仰习俗中，房屋内外无处不有神灵，四周的山水井泉，花木果树，均有神灵依附。偶尔爬进家门的大蛇，也成了死去的祖先神灵的化身。至于房屋附近及内部，更是众多神灵的栖息之所：门前的大路有大路鬼，屋檐上下有屋檐鬼，门槛有门槛神，房屋正中一间叫堂屋，专门设有神龛，除供有天神地祇、本族祖先及师祖神灵外，还有“九天司命”、“太乙府君”。除此之外，日常生活中的各种农具、炊具、家具及石磨、石碓……都是各类大小神灵的依附物。年终除夕之夜，土家族人要对屋内外所有的大小神灵一一遍祭，名之曰“谢岁”，以酬谢众神一年来对自己的福佑。房屋旁边的猪圈、牛栏，也各自有豕官神、牛毛大王等专司六畜兴旺的神，它们也都是土家人膜拜的对象。

由于神灵众多，土家人关于居住习俗的禁忌也相当多。平日不准用脚蹬门槛，这会冲撞门槛神而招祸；堂屋供神的镯子不能将板缝正对神龛；也不准用脚踏在三脚架上，这些都会给家庭带来霉气。除夕忌推磨舂碓，且平日乐于助人的土家人在这一天决不将自己的家具借给别人，因为这些器具的神灵在除夕日必须休息。

总之，土家民居的里里外外，前前后后，几乎无处不有神灵，他们与土家人相依相伴，是土家人内心的依赖。这种民居形式的神圣空间与世俗空间的统一性，正是土家人居住文化的空间神性价值观念的展示。

三、吊脚楼

吊脚楼是鄂西土家族地区最复杂而又最能显示富有的一种典型的建筑形式。随着经济的发展和文化的进步，吊脚楼成为土家族地区的一种普遍建筑。就其结构而言，各地区的吊脚楼大同小异，它们最基本的特点是正屋建在实地上，厢房除一边靠在实地和正屋相连，其余三边皆悬空，靠柱子支撑，正屋和厢房的上面住人，厢房的下部有柱无壁，用来喂养牲畜、堆放杂物。总的看来，吊脚楼还是应属于干栏式建筑，但与一般所指干栏有所不同。干栏应该全部悬空的，所以吊脚楼被称为半干栏式建筑。

鄂西地区的吊脚楼一般都建在依山傍水的山麓，或群居，或独处，村寨一般都沿着山麓往上，建在山坡处，层层相叠，鳞次栉比，不拘一格，顺乎自然。依山势向上分台而筑、曲折而建。村寨不讲究对称，但错落有致。小河或从寨中穿过，或绕寨而行。

吊脚楼的形式虽多种多样，但基本结构大体一致，随着时间的推移、人们的欣赏习惯及生活需要的变化而改变。总的看来，吊脚楼的类型有以下几种：

单吊式。这是最普遍的一种形式，有人又称为“一头吊”或“钥匙头”。它的特点是，只正屋一边的厢房伸出悬空，下面用木柱相撑。

双吊式。又称为“双头吊”或“撮箕口”。它是单吊式的发展，即在正房的两头皆有吊出的厢房。土家人建吊脚楼一般先建正屋，然后根据经济情况及家庭需要，再建厢房。双吊式吊脚楼的建造较为普遍。单吊式和双吊式并不以地域的不同而形成，主要看经济条件和家庭需要而定，单吊式和双吊式常常共处一地。

四合水式。这种形式的吊脚楼又是在双吊式的基础上发展起来的，它的特点是，将正屋两头厢房吊脚楼部分的上部连成一体，形成一个四合院，两厢房的楼下即为大门，这种四合院进大门后还必须上几步石阶，才能进到正屋。

二屋吊式。这种形式是在单吊和双吊的基础上发展起来的单吊双吊皆适用。即在一般吊脚楼上再加一层。

平地起吊式。这种形式的吊脚楼也是在单吊的基础上发展起来的，单吊、双吊皆有。它的主要特征是，建在平坝中，按地形本不需要吊脚，却偏偏将厢房抬起，用木柱支撑。支撑用木柱所落地面和正屋地面平齐，使厢房往往高于正屋。

吊脚楼有着丰厚的文化内涵。除具有土家族民居建筑注重龙脉，依势而建和人神共处的神化现象外，值得研究的是它所有的十分突出的空间宇宙化观念。在吊脚楼的建筑和落成仪式中，最能够表现这种观念的存在。如平整宅基时，土家人总要牵一头大水牛犁地破土，且牛角上要缠一匹红绸布。开犁时，主人要放鞭炮并祭天地，犁地者则边犁边唱：“手牵神牛入屋场，贺喜主东树栋梁。手牵神牛犁向东，东方红日照堂中；手牵神牛犁向南，南极仙翁赐寿诞”；“手牵神牛犁向西，犀牛望月生锐气；手牵神牛犁向北，北斗高照龙头抬。东南西北都犁到，地灵人杰创基业。”在其落成仪式中，主人要事先请人装扮成天上的紫薇星、文曲星、南极星、送子星、财帛星等来“踩门”贺喜。就其所涉及的众星神来看，东有太阳，西有月亮，南有南极，北有北斗，中央有紫薇星，正与宇宙的五方五位相合。而这种古老的“众星踩门”的独特仪式更具有深层含义。星辰本以天为“家”，如今光临人界“踩门”，不啻是一种宇宙“移位”，从而使这种仪式具有房屋即宇宙，即众星的另一居所的含义。同时，从这种“众星踩门”、朝拜新屋的仪式中，我们也不难看出它还隐含着吊脚楼即宇宙中心的观念，再联系土家人宅基选择时十分注重“龙脉”的会合点这一民俗事象来看，这种宇宙中心观念更为清楚了。因此，在土家人的观念世界中，吊脚楼不仅是宇宙的象征，也是宇宙的中心，吊脚楼在土家人原始的信仰中，作为宇宙的象征物的面貌出现，新楼的落成意味着一种新宇宙的诞生。土家人新楼的上梁、落成及搬迁时总是十分虔诚而隆重地举行这种大的仪式。

最能说明这一问题的莫过于土家族吊脚楼正梁中央的普遍性存在的那一神秘象征符号了。符号呈圆形，分内外两层，外圈为朱红或墨汁绘就，中心则用黄色，如一“卵”形，整个符号形状十分古拙。符号一般由具有一定巫术法的“掌墨师”或土家巫师在黄色圆心处凿一圆洞。新楼主人则要跪下用衣服将木渣全部接着，最后再在梁木两端分别写上“乾”、“坤”二字。这种神秘古拙的符号乃是宇宙起源的象征符号，它包含着土家人对天地开辟、人人发祥的古远的追忆。

宇宙化观念还体现在相通相容的观念之中。保持居住空间与宇宙自然空间的联系沟通，甚至与宇宙相互容纳，成为土家族居住文化中空间价值观念的表现形式。同时，这一观念与他们空间的神性观念有着紧密的联系，周围的山水，不仅是宇宙的表征，也是神灵的表征，那么，保持与山水的联系，也就操持了人与宇宙，与天地万物神灵的联系，从而使内心获得某种程度的依赖。

这种观念表现在吊脚楼的门窗设置方面。吊脚楼的前后都有门窗，这种结构设计除了充分采光通风等实用性目的外，也隐含着与宇宙相通的内在含义。表面看来，它与汉民族居住文化中那种“画栋朝飞南浦云，珠帘暮卷西山雨”、“窗含西岭千秋雪，门泊东吴万里船”的空间观念似乎极为相似。然而细加分析，土家族的空间价值观念却更有特殊之处，它主要体现在吊脚楼与宇宙之间还存在着一种深层的情感联系，土家人将屋后的青山叫“靠背山”，即山是居住者的依靠，而门前那长流不息的溪河则象征着生命与家业的永恒绵长。更耐人寻味的是，土家族已出嫁的妇女称自己的娘家人也叫“靠背山”，这就无异于表明土家族观念层次上的房屋与山水自然的关系，不仅仅是主观上的相互联系沟通，而且还具有更深沉的情感联系。确切地说，就是女儿与母亲般的那种不可分割的血缘联系。

土家人的吊脚楼不是单方面处于宇宙自然的环抱中的，另一方面，宇宙也同时处于房屋的环抱之中。这种容纳宇宙的空间观念在土家族上梁仪式歌中表现得十分明显：“上一步，望宝梁，一轮太极在中央，一元行始呈瑞祥。上二步，喜洋洋，‘乾坤’二字在两旁，日月成双永世享……”这里的“乾坤”、“日月”代表着宇宙，人们把它写在梁上，并在上梁仪式中高声唱出来，恐怕不能单纯地理解为天地日月的祭祀、祈福，因为写“乾坤”于梁上，而梁木又置于房屋中，房屋可以包括宇宙，容纳天地。这是土民空间价值观念的投射，从某种意义上说，土家族吊脚楼在其主观上与宇宙变得更为接近，更为亲密，从而使房屋、人与宇宙浑然一体，密不可分。

注　释

[1]范晔撰，李贤等注：《后汉书》，中华书局 1965 年版。

[2]童恩正：《古代的巴蜀》，四川人民出版社 1979 年版。

[3]林永仁，来层林：《巴楚文化》，华文出版社 1999 年版。

[4]贵州土家学会：《土家族研究》第一辑，四川民族出版社 1993 年版。

[5]贵州土家学会：《土家族研究》第一辑，四川民族出版社 1993 年版。

[6]湖南省民族事务委员会民族研究所：《湘西土家族的文学艺术》1982 年内部资料。

[7]萧统编，李善注：《文选》，中华书局 1977 年版。

[8]林永仁，来层林：《巴楚文化》，华文出版社 1999 年版。

[9]《湘西土家族·第四章　文学艺术》，《吉首大学学报》1981 年第 2 期。

[10]萧放：《荆山楚水的民俗与旅游》，旅游教育出版社 1995 年版。

[11]林永仁，来层林：《巴楚文化》，华文出版社 1999 年版。

[12]郭茂倩：《乐府诗集》，清刻本。

[13]林永仁，来层林：《巴楚文化》，华文出版社 1999 年版。

[14]蔡测海：《今天的太阳·远处的伐木声》，重庆出版社 1987 年版。

[15]蔡测海：《母船·母船》，作家出版社 1986 年版。

[16]孙健忠：《五台山传奇·甜甜的刺莓》，长江文艺出版社 1981 年版。

[17]孙健忠：《五台山传奇·甜甜的刺莓》，长江文艺出版社 1981 年版。

[18]北京大学哲学系美学教研室编著：《西方美学家论美和美感》，商务印书馆 1980 年版。

[19]李传锋：《退役军犬·山野的秋天》，文化艺术出版社 1986 年版。
[20]李传锋：《动物小说初探》，《中南民族学院学报》1983 年第 3 期。
[21]张正明：《楚文化史》，湖北人民出版社 1988 年版。
[22]张正明：《楚文化史》，湖北人民出版社 1988 年版。
[23]孙健忠：《乡愁·水碾》，湖南人民出版社 1983 年版。
[24]孙健忠：《猖鬼·舍巴日》，湖南文艺出版社 1992 年版。
[25][英]詹·弗雷泽著，刘魁立编：《金枝精要——巫术与宗教之研究》，上海文艺出版社 2001 年版。
[26]李传锋：《退役军犬·冬竹》，文化艺术出版社 1986 年版。
[27][英]E. 霍布斯鲍姆，T. 兰格著，顾杭，庞冠群译：《传统的发明》，译林出版社 2004 年版。
[28]孙健忠：《猖鬼·舍巴日》，湖南文艺出版社 1992 年版。
[29]孙健忠：《猖鬼·舍巴日》，湖南文艺出版社 1992 年版。
[30]孙健忠：《猖鬼·舍巴日》，湖南文艺出版社 1992 年版。
[31]孙健忠：《猖鬼·舍巴日》，湖南文艺出版社 1992 年版。
[32]李传锋：《退役军犬·十八里盘山路》，文化艺术出版社 1986 年版。
[33]李传锋：《退役军犬·十八里盘山路》，文化艺术出版社 1986 年版。
[34]李传锋：《退役军犬·十八里盘山路》，文化艺术出版社 1986 年版。
[35]李传锋：《退役军犬·十八里盘山路》，文化艺术出版社 1986 年版。
[36]孙健忠：《五台山传奇·甜甜的刺莓》，长江文艺出版社 1981 年版。
[37]孙健忠：《五台山传奇·甜甜的刺莓》，长江文艺出版社 1981 年版。
[38]孙健忠：《猖鬼·舍巴日》，湖南文艺出版社 1992 年版。
[39][英]马林诺夫斯基著，费孝通等译：《文化论》，中国民间文艺出版社 1987 年版。
[40]苏桂宁：《艺术人格论》，广西师大出版社 1996 年版。
[41]孙健忠：《猖鬼·舍巴日》，湖南文艺出版社 1992 年版。
[42]孙健忠：《猖鬼·舍巴日》，湖南文艺出版社 1992 年版。

[43]孙健忠：《猖鬼・舍巴日》，湖南文艺出版社 1992 年版。

[44]孙健忠：《猖鬼・云里，雾里》，湖南文艺出版社 1992 年版。

[45]孙健忠：《猖鬼・云里，雾里》，湖南文艺出版社 1992 年版。

[46]孙健忠：《猖鬼・云里，雾里》，湖南文艺出版社 1992 年版。

[47]孙健忠：《五台山传奇・甜甜的刺莓》，长江文艺出版社 1981 年版。

[48]孙健忠：《五台山传奇・甜甜的刺莓》，长江文艺出版社 1981 年版。

[49]李传锋：《退役军犬・十八里盘山路》，文化艺术出版社 1986 年版。

[50]蔡测海：《母船・母船》，作家出版社 1986 年版。

[51]孙健忠：《猖鬼・舍巴日》，湖南文艺出版社 1992 年版。

[52]孙健忠：《猖鬼・舍巴日》，湖南文艺出版社 1992 年版。

[53]孙健忠：《猖鬼・舍巴日》，湖南文艺出版社 1992 年版。

[54]中共中央马克思、恩格斯、列宁、斯大林著作编译局：《马克思恩格斯选集》(第 2 卷)，人民出版社 1972 年版。

[55]孙健忠：《猖鬼・舍巴日》，湖南文艺出版社 1992 年版。

[56]黑格尔：《小逻辑》，商务印书馆 1990 年版。

[57]王建刚：《狂欢诗学——巴赫金文学思想研究・导言》，学林出版社 2001 年版。

[58]孙健忠：《猖鬼・舍巴日》，湖南文艺出版社 1992 年版。

[59]李传锋：《退役军犬——十八里盘山路》，文化艺术出版社 1986 年版。

[60]蔡测海：《母船・母船》，作家出版社 1986 年版。

[61]李传锋：《退役军犬——十八里盘山路》，文化艺术出版社 1986 年版。

[62]李传锋：《退役军犬——十八里盘山路》，文化艺术出版社 1986 年版。

[63]李传锋：《退役军犬——十八里盘山路》，文化艺术出版社 1986 年版。

[64]胡柯：《雾山野男女》，湖南文艺出版社 1990 年版。

[65]胡柯：《雾山野男女》，湖南文艺出版社 1990 年版。

[66]胡柯：《雾山野男女》，湖南文艺出版社 1990 年版。

[67]胡柯：《雾山野男女》，湖南文艺出版社 1990 年版。

[68]胡柯：《雾山野男女》，湖南文艺出版社 1990 年版。

[69]蔡测海：《今天的太阳·远处的伐木声》，重庆出版社 1987 年版。

[70]李传锋：《退役军犬·十八里盘山路》，文化艺术出版社 1986 年版。

[71]蔡测海：《今天的太阳·远处的伐木声》，重庆出版社 1987 年版。

[72]蔡测海：《今天的太阳·今天的太阳》，重庆出版社 1987 年版。

[73]蔡测海：《今天的太阳·今天的太阳》，重庆出版社 1987 年版。

[74]蔡测海：《今天的太阳·今天的太阳》，重庆出版社 1987 年版。

[75]蔡测海：《〈远处的伐木声〉锁谈》，《民族文学》1986 年第 5 期。

[76]孙健忠：《文学与乡土》，《湘江文艺》1981 年第 5 期。

[77]孙健忠：《五台山传奇·甜甜的刺莓》，长江文艺出版社 1981 年版。

[78]孙健忠：《五台山传奇·甜甜的刺莓》，长江文艺出版社 1981 年版。

[79]孙健忠：《五台山传奇·啊，月亮》，长江文艺出版社 1981 年版。

[80]陈晓明：《表意的焦虑——历史祛魅与当代文学变革》，中央编译出版社 2002 年版。

[81]孙健忠：《猖鬼·舍巴日》，湖南文艺出版社 1992 年版。

[82]孙健忠：《猖鬼·舍巴日》，湖南文艺出版社 1992 年版。

[83]孙健忠：《猖鬼·舍巴日》，湖南文艺出版社 1992 年版。

[84]孙健忠：《死街》，湖南人民出版社 1983 年版。

[85]《华阳国志·巴志》，转引自王承尧，罗午著《土家族土司简史》，中央民族学院出版社 1991 年版。

[86]《竹书纪年》卷上，转引自王承尧，罗午著《土家族土司简史》，中央民族学院出版社 1991 年版。

[87]《殷墟文字丙编》，转引自王承尧，罗午著《土家族土司简史》，中央民族学院出版社 1991 年版。

[88]《华阳国志 · 巴志》，转引自王承尧，罗午著《土家族土司简史》，中央民族学院出版社 1991 年版。

[89]《华阳国志 · 巴志》，转引自王承尧，罗午著《土家族土司简史》，中央民族学院出版社 1991 年版。

[90]《华阳国志 · 巴志》，转引自王承尧，罗午著《土家族土司简史》，中央民族学院出版社 1991 年版。

[91]《周书》卷 49，转引自王承尧，罗午著《土家族土司简史》，中央民族学院出版社 1991 年版。

[92]王承尧，罗午著：《土家族土司简史》，中央民族学院出版社 1991 年版。

[93]王承尧，罗午著：《土家族土司简史》，中央民族学院出版社 1991 年版。

参考文献

一、学术书籍部分

1. 童恩正：《古代的巴蜀》，四川人民出版社 1979 年版。

2. 林永仁，来层林：《巴楚文化》，华文出版社 1999 年版。

3. 贵州土家学会：《土家族研究 · 第一辑》，四川民族出版社 1993 年版。

4. 湖南省民族事务委员会民族研究所：《湘西土家族的文学艺术》1982 年 1 月内部资料。

5. 彭英明：《土家族文化通志新编》，民族出版社 2001 年版。

6. 张正明：《楚文化史》，湖北人民出版社 1988 年版。

7. 彭万廷、冯万林：《巴楚文化源流》，湖北教育出版社 2003 年版。

8. 萧放：《荆山楚水的民俗与旅游》，旅游教育出版社 1995 年版。

9. 杨群：《民族学概论》，上海社会科学出版社 1998 年版。

10. [英]詹 · 弗雷泽著，刘魁立编：《金枝精要——巫术与宗教之研究》，上海文艺出版社 2001 年版。

11. [英]E. 霍布斯鲍姆，T. 兰格著，顾杭，庞冠群译：《传统的发明》，译林出版社 2004 年版。

12. [英]马林诺夫斯基著，费孝通等译 ：《文化论》，中国民间文艺出版社 1987 年版。

13. 费孝通：《乡土中国》，北京出版社 2005 年版。

14. 钟敬文：《民间文艺学及其历史》，山东教育出版社 1998 年版。

15. 蒋述卓：《宗教艺术论》，暨南大学出版社 1998 年版。

16. 刘守华：《比较故事学论考》，黑龙江人民出版社 2003 年版。

17. 刘晓春：《仪式与象征的秩序——一个客家村落的历史、权力与记忆》，商务印书馆 2003 年版。

18. 孙正国：《文学的生活遭遇——民间文学本体批评引论》，黑龙江人民出版社 2004 年版。

19. 罗钢，刘象愚：《文化研究读本》，中国社会科学出版社 2000 年版。

20. 叶舒宪：《文学与人类学》，社会科学文献出版社 2003 年版。

21. 苏桂宁：《艺术人格论》，广西师范大学出版社 1996 年版。

22. 彭继宽，姚纪彭：《土家族文学史》，湖南文艺出版社 1989 年版。

23. 凌宇：《重建楚文学神话系统》，湖南文艺出版社 1985 年版。

24. 刘洪涛：《湖南乡土文学与湘楚文化》，湖南教育出版社 1997 年版。

25. 陈晓明：《表意的焦虑——历史祛魅与当代文学变革》，中央编译出版社 2002 年版。

26. 洪子城 ：《中国当代文学史》，北京大学出版社 1999 年版。

27. 曹文轩：《八十年代末文学现象研究》，北京大学出版社 2002 年版。

28. 方维保：《当代文学思潮史论》，长江文艺出版社 2004 年版。

二、作品部分

1. 孙健忠：《娜珠》，湖南人民出版社 1979 年版。

2. 孙健忠：《五台山传奇》，长江文艺出版社 1981 年版。

3. 孙健忠：《小水獭的遭遇》，湖南人民出版社 1981 年版。

4. 孙健忠：《死街》，作家出版社 1989 年版。

5. 孙健忠：《乡愁》，湖南人民出版社 1983 年版。

6. 孙健忠：《醉乡》，上海文艺出版社 1986 年版。

7. 孙健忠：《猖鬼》，湖南文艺出版社 1992 年版。

8. 李传锋：《退役军犬》，文化艺术出版社 1986 年版。

9. 李传锋：《最后一只白虎》，长江文艺出版社 1989 年版。

10. 李传锋：《梦回清江》，武汉出版社 2002 年版。

11. 李传锋：《红豺：李传锋小说集》，中国文联出版社 2003 年版。

12. 李传锋：《鹤之峰》(散文集)，长江文艺出版社 1989 年版。

13. 李传锋：《李传锋动物小说选》，作家出版社 1993 年版。

14. 李传锋：《林莽英雄》，湖北少儿出版社 1993 年版。

15. 李传锋：《南窗谈艺》(文艺评论集)，国际新闻出版中心 1994 年版。

16. 蔡测海：《母船》，作家出版社 1986 年版。

17. 蔡测海：《穿过死亡的黑洞》，湖南文艺出版社 1987 年版。

18. 蔡测海：《今天的太阳》，重庆出版社 1987 年版。